Frank Geleyn

De vijand

DE EENHOORN

CIP-gegevens: Koninklijke Bibliotheek Albert I

Druk: Oranje, Sint-Baafs-Vijve
Omslagontwerp: quod. voor de vorm

D/2009/6048/50
NUR 284
ISBN 978-90-5838-580-2

www.eenhoorn.be

1

Alle ruiten in onze auto zijn beslagen. Alleen boven het stuur is er nog een smalle dampvrije strook waardoor mijn vader met half dichtgeknepen ogen tuurt. Als je het mij vraagt, is mijn vader dringend aan een bril toe. Hij omknelt zijn stuurwiel zo krampachtig dat zijn kneukels er wit van zien.

Ik ben vandaag de binnenruitenwisser van dienst. Om de haverklap moet ik de voorruit met een doek schoonwrijven. Best gevaarlijk, maar er zit niets anders op. De ventilatoren van de airco zijn al maanden stuk.

Een nieuwe airco en de aanschaf van een bril: het zou bovenaan vaders todo-lijstje moeten staan.

We zijn al een poosje van huis weg. Ik vermoed dat we al in de buurt van de school zijn, al is dat niet makkelijk in te schatten met die beslagen ruiten en dat slakkengangetje van ons. Met de mouw van mijn jas veeg ik de zijruit droog. Daar schuift de schoolparking voorbij. Verderop, achter het gesloten hek, ligt het schoolplein. De parking en het plein zijn verlaten en troosteloos. Op dit ontiegelijke uur ligt iedereen nog te maffen. Alleen wie zoals ik op klasuitwisseling vertrekt, is al op. Onze trein vertrekt over een tiental minuten. We laten de parking, het schoolplein en de gebouwen achter ons en rijden verder richting markt. Over een paar honderd meter moeten we rechtsaf, de Stationsstraat in. Ik ben blij dat we al zo ver zijn.

'Margot, we kunnen nog altijd naar huis terug...'

Verdorie. Hij kan het niet laten. Gelooft mijn vader nu echt dat hij me op het nippertje nog tot andere gedachten kan brengen? *No way!* Of hij het nu leuk vindt of niet, ik wil en zal met mijn klas meegaan.

Vorige maand nog ben ik speciaal voor hem een hele week van school weggebleven. *Griep. Kan de woonst niet verlaten*, stond er op mijn laatste doktersbriefje. Wat een leugen! In werkelijkheid heb ik de godganse dag niets anders gedaan dan gewroet in de serres. Ik heb veldsla gesneden, gewassen en gewogen, prei gezaaid, aardappelen gepoot. Niet slecht voor een zieke. Al zou je er op de duur wel ziek van worden. Na vijf dagen kon ik geen pap meer zeggen. Als ik nu thuisblijf, is het zeker en vast weer om bij te springen. Sinds Kevin er niet meer is, moet ik steeds vaker zijn rol overnemen.

'Ze kunnen je toch niet verplichten om te gaan? Waarom kun je niet gewoon thuisblijven?'

Mijn vader verandert van toon en tactiek. Geen lieve, zachte woordjes meer, maar een klaagzang, met een somber, van verdriet vertrokken gezicht erbij. Ik besef dat het maar een pose is, een lokkertje om me thuis te houden.

Voor een keer wil ik er niet van weten.

Trouwens, ik heb het hem al een paar keer gezegd: ze kunnen me op school wel verplichten om mee te gaan. De uitwisseling valt op gewone lesdagen. Wie niet meegaat, spijbelt. Na het project kun je daarvoor een week schorsing aan je broek krijgen. Gevolg: nul voor alle testen tijdens die schorsingsdagen. Dat heeft Decrue, onze begeleider en leraar Frans, klaar en duidelijk gesteld. Met mijn toch al slechte punten hou ik me beter aan de regels.

Niet iedereen gelooft Decrue. Mijn beste vriendin, Merel, denkt dat het allemaal zo'n vaart niet zal lopen. Toegegeven, een volle schorsingsweek lijkt een overdreven straf. Maar ik ben er zeker van dat Decrue geen blufpoker speelt. Daarvoor is de uitwisseling net iets te veel zijn paradepaardje. Vorig jaar heeft hij het hele project zowat in zijn eentje uit de grond gestampt en sindsdien loopt hij er behoorlijk mee te pronken. *Verruiming van de horizon. Realisering van vakgebonden en vakoverschrijdende eindtermen. Contact met authentieke native speakers.* Met dat soort ronkende woorden pakt hij maar al te graag uit: op de website van onze school, tijdens de infoavond voor ouders, in de lokale pers... Je kunt ervan op aan dat hij elke afwezigheid onder de loep zal nemen. Wie met valse doktersbriefjes zwaait, is gezien. Nee, ik neem liever geen risico's.

Waarom zou ik trouwens tegen de uitwisseling moeten opzien? Volgens de vierdejaars valt alles prima mee. Vorig

jaar waren zij de proefkonijnen. Met een bang hartje trokken ze voor de eerste keer naar het Institut Saint-Sauveur in Marche. Het werd de tofste ervaring van het hele jaar.
'Onzin,' countert mijn vader. 'Achteraf onthoud je altijd het beste. Wat fout liep, vergeet je. Met onze verplichte legerdienst was het vroeger net zo. Denk je echt dat het de mooiste tijd van ons leven was?'
Hoe mijn vader er ook over denkt, ik ben er gerust op. Het programma lijkt me dik in orde. Sinds een paar weken staat het uitgebreid te lezen op de website van onze school. Wat opvalt, is dat we weinig lessen krijgen, maar veel sport en spel. Er zijn ook enkele leuke uitstapjes naar Durbuy en Namen. En, *top of the bill*, de eerste avond mogen we al uitgebreid fuiven. Kwestie van op een spontane, losse manier met elkaar kennis te maken. Daar kijk ik echt wel naar uit. Van mijn vader mag ik nooit naar fuiven gaan.
Ik grijp de anticondensdoek en veeg de voorruit nog een keer schoon. Voor ons ligt het marktplein. Ook hier nog geen kat te zien. Vlak voor het plein slaan we de zijstraat naar het station in. Nog een paar honderd meter. Vijf voor zeven. We halen het.
'Die Walen kennen toch ook geen Nederlands, waarom moeten jullie dan Frans kunnen praten?'
Geïrriteerd floept mijn vader er een nieuw tegenargument uit. In de verte zie ik de overweg en de afsluitbomen al. Nog even doorbijten.

Of *die Walen* geen Nederlands kennen, betwijfel ik sterk. Met mijn eigen correspondente, Elodie, heb ik nog niet veel contact gehad, maar ik heb zelden tijd om online te gaan. De andere Walen, de correspondenten van mijn klasgenoten, hebben wel al verschillende keren in het Nederlands gechat. Ze maken soms fouten, maar dat doen wij in het Frans ook. Ik vraag me zelfs af of ik voldoende vlot Frans ken om me in Marche uit de slag te trekken...

'Wat halen die schoolmeesters zich toch in het hoofd? Waar is al dat gedoe voor nodig?'

Zijn ultieme stuiptrekking. Ik zou willen reageren. Ons eigen gedoe en gezwoeg in vraag stellen. Maar ik zwijg. Tegenspreken haalt niets uit. Het leidt alleen maar tot oeverloze discussies. Mijn vader verandert zijn ideeën niet.

Kevin kon daar niet mee om. Een half jaar geleden is hij het afgetrapt. Hij was het kotsbeu om dag en nacht te zwoegen zonder dat hij iets in de melk te brokken had. Sindsdien heeft hij niets meer van zich laten horen.

Mijn vader heeft het er heel moeilijk mee. Kevin was zijn oogappel. De geknipte persoon ook om ons tuinbedrijf over te nemen, veel meer dan ik met mijn twee linkerhanden. Zelf mis ik mijn stiefbroer niet al te erg. In de korte tijd dat we samen waren, hebben we nooit echt goed met elkaar kunnen opschieten. Misschien komt dat door het grote leeftijdsverschil tussen ons, Kevin is tenslotte vijf jaar ouder dan ik. Of misschien ligt het eraan dat hij een jongen is. Twee zussen hebben nu eenmaal meer aan elkaar, dat merk ik bij Merel thuis. Maar Kevin is ook erg gesloten. Aan tafel zei hij bijna nooit een woord en in zijn schaarse vrije tijd sloot hij zich in zijn kamer op, met zijn computer en zijn harde muziek.

We komen bij de overweg, draaien linksaf en rijden tot aan het stationspleintje. Bij de bushalte staan een aantal mensen wezenloos voor zich uit te staren. Sommigen roken een sigaret. Anderen blazen in de ochtendkilte hun warme adem als rookwalmen voor zich uit. Ze praten niet met elkaar. Raar. Ze staan hier vast elke ochtend. Steeds dezelfde mensen. Op den duur moeten ze toch vertrouwd zijn met elkaar? Is het omdat het maandagochtend is en ze nog niet helemaal wakker zijn?

Van mijn schoolvriendinnen staat er niemand meer. Ze zijn vast al op het perron.

Mijn vader stopt voor het pad dat naar het perron leidt, maar legt de motor niet stil. Ik ben er niet helemaal gerust op. Hij kan zo weer wegvlammen als hij dat wil.

'Tot woensdagavond!'

Ik geef hem snel een kus, gris mijn rugzak van de achterbank en jump uit de auto.

'Voorzichtig zijn, Margot! En vergeet niet me vanavond te bellen!' roept mijn vader me nog na door het opengeschoven raampje. Ik draai me om naar zijn bezorgde blik.

'Komt dik in orde!' stel ik hem gerust. Ach, eigenlijk hou ik wel van mijn vader. Als hij me nu eens wat meer vrijheid gunde...

Ik haast me langs de zijgevel van het stationsgebouwtje naar het perron. Daar staan mijn klasgenoten, in groepjes bij elkaar. Het kale licht van de lantaarns geeft hun gezichten een vreemde, vale kleur.

'Enfin! Ik dacht al dat je...'

Decrue. Hij breekt zijn zin af en kruist mijn naam aan op een blad.

Niet meer zou komen, vul ik in gedachten aan.

Decrue werpt een snelle blik op zijn polshorloge.

'Ines of Lander nog gezien?'

Ik schud het hoofd.

'Ze dagen niet meer op, dat is nu wel zeker! Ik bel de directeur, hij moet ze schorsen,' zegt hij tegen Vercauter. Ze knikt voorzichtig. Vercauter is een lieve, jonge lerares, maar zonder veel gezag. Ze geeft Frans in het vierde jaar. Decrue gaat wat verderop staan. Om te bellen. Te praten. Te gesticuleren. Hevig. Blijkbaar biedt de directeur flink wat weerwerk. Ik wandel naar het groepje dat het dichtst bij me staat. Daar is ook Merel bij.

'Alles oké?' vraagt ze.

Ik knik. We zoenen elkaar op de wang. Ik wil iets over mijn vader zeggen, maar de bel rinkelt al en de slagbomen vallen dicht. In de verte dagen twee koplampen uit het schemerdonker op.

'Niet te dicht bij de sporen!' roept Decrue.
Blijkbaar is zijn telefoongesprek afgelopen. Hij loopt op het uiterste randje van het perron en drijft ons met brede armgebaren van de sporen weg. Ondertussen deelt Vercauter onze treinpasjes uit.
'Omdat we tijdens de spits reizen, konden we geen groepsreservatie boeken. Daarom zitten we straks verspreid. Blijf zoveel mogelijk per twee of per vier samen. Tot in Marche!' schreeuwt Decrue boven het geluid van de aanstormende trein uit.
De trein komt met piepende remmen een eind voorbij onze standplaats tot stilstand. Iedereen loopt als een gek naar de deuren, hijst zijn reistas in de wagon en stapt er zo snel mogelijk achteraan. Wanneer Decrue, Vercauter, Merel en ik zijn ingestapt, zit de linkercoupé al helemaal vol. Noodgedwongen kiezen we de rechterkant. Als ik over mijn schouder loer, merk ik dat niemand ons nog volgt. We zijn de laatsten. Onze leraars vinden snel twee vrije plaatsen. Merel en ik moeten nog tot het einde van de gang doorlopen. We duwen onze reistas in het bagagerek en gaan zitten. Ruim vier uur sporen voor de boeg. Met Merel bij me zal dat wel meevallen.

2

Jammer genoeg zitten we niet alleen in ons compartiment. Naast Merel zit een opgeschoten jongeman met een *headset* op zijn hoofd en een mp3-speler in zijn borstzak. Terwijl hij door het raam staart, tokkelt hij af en toe met zijn vingers op het treintafeltje, op het ritme van zijn muziek waarschijnlijk, die wij niet kunnen horen. Mijn buur is geen muziek-, maar een krantenliefhebber. Hij heeft *Het Laatste Nieuws* breed opengevouwen en doet geen enkele moeite om me wat meer plaats te geven.

Aan de andere kant van de gang zit een heer in maatpak met een laptop op zijn knieën. Hij tokkelt driftig op het klavier. Zijn gezicht staat gespannen. Voor en naast hem zit een drietal gesluierde vrouwen. Voorovergebogen, fezelend. Praten ze Nederlands, Arabisch of Frans? Ze zitten te ver en praten te stil. Het lijkt of ze een groot geheim aan het vertellen zijn. 'Eentje dat niet voor onze oren is bestemd,' hoor ik mijn vader in mijn oor fluisteren. Volgens hem zijn de moslims van nu de communisten van vroeger: een acute bedreiging voor de wereldvrede. Wat een verschil met de ouders van Merel. Die hebben onlangs een wereldreis van een jaar gemaakt en voelden zich naar eigen zeggen overal thuis. Ze hebben nergens problemen gehad, ook niet in moslimlanden. Sinds die wereldreis zijn ze ook Plan Ouder geworden. Merel is apetrots op André, haar nieuwe broertje uit Burkina Faso.

Ook in de andere compartimenten is het opvallend stil. Sommige reizigers lezen een boek, anderen staren door het raam of doen een dutje. In de verte hoor ik de stem van Decrue. Windt hij zich nog altijd op over de afwezigheid van Ines en Lander?

De trein zet zich langzaam in beweging. Haast tezelfdertijd komt een kaartjesknipper ons compartiment binnen. Achter hem loopt een jonge vrouwelijke collega die al zijn bewegingen met grote belangstelling volgt. Stagiaire, waarschijnlijk.

'Je vader heeft je blijkbaar toch laten gaan?' merkt Merel met een knipoog op.

'Niet zonder slag of stoot. Het is net of ik naar de vijand trek en nooit meer terugkom.'

'Ach, ik begrijp hem wel. Na alles wat hij heeft meegemaakt,' neemt Merel het voor hem op.

Ik haal de schouders op.

'Moet ik daarom onder een glazen stolpje?'

Merel glimlacht om mijn opmerking.

Buiten wordt het langzaam licht. De zon hangt nog laag aan de horizon, maar het belooft een mooie dag te worden.

'Ik verlang ernaar om Morgane te zien. En jij, ben jij nog altijd met Elodie?'
'Hoezo? Natuurlijk ben ik nog altijd met Elodie, waarom zou dat ineens veranderd zijn?'
'Heeft Decrue het je nog niet verteld?'
'Wat dan?'
'Dat sommige koppels gewijzigd zijn.'
Ik weet nergens van. Een paar dagen geleden heb ik nog op de website van onze school gekeken en toen stond er niets nieuws op.
'Door al dat chatten hebben er een paar ondervonden dat ze niet zo goed bij elkaar passen,' legt Merel uit. 'Ze hebben er hun leraar Nederlands in Marche over aangesproken, en die heeft de koppels gisteravond nog snel herverdeeld. Decrue heeft de nieuwe lijst bij zich...'
Verdorie! Het was toch goed zoals het was. In het begin van het schooljaar hebben we een dossier moeten invullen met informatie over onszelf, onze ouders, hobby's, interesses en karakter. Op basis van die gegevens werden we dan gekoppeld. Ik ben met Elodie. Zij woont op een boerderij in Huy en is dol op dieren, net als ik.
Merel leest de ontgoocheling op mijn gezicht.
'Niet iedereen heeft iemand anders. Als je het zeker wilt weten, vraag het dan aan Decrue.'
Ik voel nattigheid. Ik was weinig online. Misschien heeft Elodie daaruit afgeleid dat ik niet in haar was geïnteres-

seerd en heeft ze op de valreep iemand anders gekozen. Ik zou het haar niet eens kwalijk nemen. Maar Decrue had me toch kunnen verwittigen.
Mijn bloeddruk stijgt. Gedecideerd sta ik op en loop naar Decrue en Vercauter toe. Ze zijn druk in gesprek. Ik kuch.
'Is het waar dat er nieuwe koppels zijn?' vraag ik verontwaardigd.
'Inderdaad, ja,' antwoordt Decrue. Hij kijkt me aan alsof hij net een leuke verrassing heeft verklapt.
'Ben ik nog altijd bij Elodie Maréchal?' Het klinkt als een dreiging.
Decrue weet het antwoord niet. Dat is een ferme deuk in zijn blazoen van perfectionist. Hij tast in zijn jaszak, haalt achtereenvolgens treinpasjes, portefeuille, sleutels, zakdoek en nog wat rommel boven en wordt zichtbaar zenuwachtig. Hij kijkt Vercauter wanhopig aan, duikt in zijn broekzakken. Uiteindelijk slaakt hij een zucht van opluchting. Hij diept zijn infoblad op, vouwt het open, zoekt mijn naam, schudt ten slotte het hoofd.
'Het spijt me. Je bent niet meer bij Elodie, maar bij een zekere... Julien. Julien Camala.'
Ik schrik me rot.
'Is dat een probleem? Had je liever geen jongen misschien?'
Mijn mond is dichtgelijmd. Er borrelen woorden in me op. Over inspraak. Respect. Over leraars en verantwoorde-

lijkheid. Over vaders die boos kunnen worden. Maar de woorden geraken mijn keel, mijn mond niet uit. Het voelt alsof ik ga stikken. Ik maak een wegwerpgebaar met de hand en licht de hielen. Ik wil weg. Ik bots tegen de kaartjesknipper en zijn collega. Stamel wat dwaze verontschuldigingen. Daar is het einde van de gang. Eindelijk. Ik plof neer op mijn bank. Dit keer schuift mijn buurman wel naar het venster op. Best maar. Ik heb veel ruimte en lucht nodig.

'En?' vraagt Merel.

Op mijn donderwolkgezicht kan ze het antwoord al lezen. Ik moet op mijn onderlip bijten om niet in tranen uit te barsten. Merel legt haar hand op mijn dij en kijkt me met grote, vragende ogen aan.

'Hij heet Julien,' sis ik.

'Vind je het erg?'

Ik knik. Zucht diep. Elodie en ik, dat had uitstekend geklikt, daar ben ik zeker van. De schaarse contacten die we hadden, waren oké. Ondanks de taalbarrière hadden we goede vriendinnen kunnen worden. Hoe dun hij ook was, de draad tussen ons wordt nu zomaar, zonder boe of bah, doorgeknipt. Maar dat is niet alles. Er is nog iets wat me heel erg dwarszit....

'Je vader?'

Hij was al zo tegen de uitwisseling gekant! En nu heb ik een jongen als correspondent, stel je voor! Mijn vader is in staat om in zijn auto te springen en tweehonderdvijftig kilometer ver te rijden om me terug te halen. Dat wil ik niet. Ik wil de uitwisseling meemaken. De spelletjes. De uitstappen. De fuif. Ik snak naar vrijheid. Blijheid. Ik ben niet op deze trein gestapt om het al na een paar uur op te geven en met hangende pootjes naar huis terug te gaan.

'Ach, misschien valt het allemaal wel mee,' probeert Merel me te troosten.

Misschien. Wie weet. Er moet een uitweg zijn. Ik zoek. Koortsachtig. Voor elk probleem bestaat er een oplossing. Ja, ik heb het! Een leugentje om bestwil zal me redden. Of beter gezegd: een klein misverstand.

'Julien lijkt op Julienne. Zeker aan de telefoon en met mijn slechte uitspraak van het Frans erbij,' lach ik mijn grootste angst en ontgoocheling weg.

'Zo ken ik je weer!' zegt Merel met een knipoog.

Misschien valt mijn nieuwe correspondent best mee. Ik probeer me een gezicht voor te stellen bij zijn naam. Julien klinkt niet echt hip. Het is vast iemand van het platteland zoals ik. Ik zie een kleine, schuchtere jongen met bolle, blozende wangen voor me. Misschien is hij wel de kleinere broer die ik nooit gehad heb. Jongens zijn op hun vijftiende vaak nog kleine kinderen. Misschien kan ik voor een paar dagen de grote zus spelen. Eerst in Marche en daarna bij mij thuis. Dat kan mijn vader toch niet verbieden?

Buiten is het helemaal licht geworden. De velden flitsen voorbij. Er staan plassen water op, door de overvloedige regen van de laatste tijd. Volgens het weerbericht is er droger en warmer weer op komst. Gelukkig maar. Het zouden de eerste mooie dagen van het jaar kunnen worden. Die dagen wil ik beleven. Ik ben geen kind meer. Ik mag me door niets of niemand uit het lood laten slaan. Zelfs niet door mijn vader of door Decrue.

3

We kletsen wat af, Merel en ik. Over koetjes en kalfjes. Over thuis. Over wat ons te wachten staat. Alle spanning en angst ebben langzaam weg.
'Ik wil je nog iets laten zien,' zegt Merel plots. Ze grabbelt in haar rugzak. Haalt er iets kleins uit.
'Kijk, dit heb ik zaterdag via mail ontvangen,' zegt ze met trots in haar stem.
Het is een foto. Van Morgane, haar correspondente. Ze heeft lang, zwart haar en ziet er aardig uit. *Pour Merel. Bisous xxx* staat er onder de foto.
'Je boft,' zucht ik. 'Hopelijk is mijn *Julienne* even sympathiek.'
'Dat zal wel!' glimlacht Merel.
Ze stopt haar foto weer weg, maar haalt iets anders boven. Een brief. Het is een dankbrief van haar Burkinees broertje. Ondanks mijn gebrekkige kennis van het Frans begrijp ik wat hij schrijft: dat hij dolgelukkig is omdat hij dankzij Merel en haar ouders naar school kan gaan.
'En dan te bedenken dat wij schoollopen zo'n vreselijke klus vinden,' merkt Merel fijntjes op.
Dat is zo. 's Morgens moet ik mezelf meestal naar school

slepen. Misschien moeten we met z'n allen maar eens een tijdje naar Afrika om daar onze allergie te overwinnen?

'Volgend jaar ga ik met mama, papa en de mensen van Plan bij André op bezoek,' zegt Merel.

'Mijn vader gaat nooit op reis. Geen tijd en geen zin,' zeg ik. 'Daarom ben ik er graag bij nu. Even weg van thuis en van het vele werk.'

In Brussel-Noord stapt mijn buurman, de krantenverslinder, uit de trein. Een paar haltes verder houden ook de mp3-kerel, de zakenman en de moslima's het voor bekeken. Merel en ik blijven niet lang alleen. Algauw komen twee nieuwe treinreizigers ons gezelschap houden. De eerste is een zwarte man die een streepjeskostuum draagt op een hemd vol sterrenprints. *Stars and stripes* in levende lijve. Of de man een Amerikaan is of gewoon een Afrikaan die fan is van Amerika, is onduidelijk. De kerel is alleen en zegt niets, ten minste toch niets verstaanbaars. Zodra hij zit, haalt hij uit zijn jaszak een paternoster te voorschijn en begint met een onwaarschijnlijke hardnekkigheid gebeden te prevelen. Bidt hij in het Swahili? Of in slang uit de Bronx? Moeilijk uit te maken, zijn klanken blijven grotendeels binnensmonds. Regelmatig slaat de man zijn ogen ten hemel, als om te controleren of zijn gebedsdrift niet een of andere godheid heeft doen verschijnen.

Merel en ik durven elkaar niet lang aan te kijken, uit schrik

dat we het uitproesten.
Onze tweede nieuwe medereiziger is een levende make-updoos. Centimeters dikke oogschaduw, gepoeierde wangen, valse wimpers, fel rood gestifte lippen. Ze draagt ook nog een jurk met uitsnijding tot aan haar navel, twee grote gouden oorringen en een verzameling armbanden die bij de minste beweging kletteren en klingelen. Ze zit nog maar net of ze tovert uit haar handtas al een spiegeltje te voorschijn. *Spiegeltje, spiegeltje in de hand, wie is de mooiste van het land?*
Erg communicatief zijn onze nieuwe medereizigers niet. Een paar compartimenten verderop wordt er wel gekletst, in het Frans. We zijn ondertussen de taalgrens gepasseerd. Dat merken we aan de namen van de gemeenten waar we nu voorbijrijden: Ottignies en Gembloux.
'Vanaf de taalgrens moeten jullie Frans praten!'
Ik hoor het Decrue nog zeggen in de klas. Hij bleef het herhalen, de laatste weken, ondanks de storm van protest die hij telkens over zich heen kreeg. Eerlijk, volgens mij heeft Decrue ergens wel een punt. Zelfs doorwinterde vertalers-tolken hebben het moeilijk om van de ene seconde op de andere naar een vreemde taal over te schakelen. Dat weet ik van oom Bert die als tolk bij de Europese gemeenschap werkt. Het probleem is alleen dat het taalswitchen zo kunstmatig lijkt. Merel en ik hebben het een paar keer geprobeerd toen we na school naar huis fietsten. Telkens

weer moesten we er na een poosje de brui aan geven omdat ons Frans gebrabbel niet om aan te horen was. Je bent in een klap jezelf niet meer. Het lijkt eerder of je een of andere bizarre rol in een toneelstuk vertolkt, een surrealistisch of tragikomisch stuk. Ondanks Decrues smeekbede ben ik er zeker van dat niemand van onze klas al Frans aan het spreken is. Zelfs Dewever niet, de grootste strever van onze klas en de *chouchou* van Decrue.
Het is niet dat we niet goed zijn voorbereid. De laatste weken heeft Decrue zijn uiterste best gedaan om ons *op niveau* te krijgen. Zo moesten we op het internet informatie zoeken over de provincie Luxemburg, de stad Marche en de school Saint-Sauveur. De volgende les moesten we de gevonden info in het Frans met een PowerPointpresentatie voorstellen. Daarna kregen we ook een aantal tijdschriftartikels over uitwisselingen in andere scholen voorgeschoteld. Met vraagjes en oefeningen. Ten slotte moesten we ook nog het Waalse journaal regelmatig bekijken. 'Als het gesprek stokt, dan kun je ten minste uit de actualiteit putten om verder te praten.' Een lastige klus die ik niet heb geklaard. Gelukkig heeft Decrue ons in de les nooit gecontroleerd, toch niet met overhoringen. De laatste les heeft hij ons ook nog een lijstje met 'Frans om te overleven' bezorgd. Het zit in mijn reistas. Er staan zinnen op waarmee je kunt groeten, bedanken, jezelf voorstellen of vragen om te herhalen. Vooral dat laatste zal me van pas

komen. *Pardon? Qu'est-ce que vous dites? Voulez-vous répéter s'il vous plaît? Pouvez-vous parler plus lentement?* Ik vrees dat dit mijn FAQ's zullen zijn. Merel zal er minder moeite mee hebben. Zij haalt prima cijfers voor Frans.
'Ik heb pralines gekocht. Wat voor een cadeau heb jij voor je gastgezin uitgekozen?' vraagt ze nieuwsgierig.
'Ik? Een knuff...'
Hoe stom! Een knuffelbeertje voor een jongen! Ik kan mezelf voor het hoofd slaan. Decrue vroeg ons een kleinigheidje te kopen als dank voor het gratis logies bij onze correspondent. Ik ging ervan uit dat het Elodie was...
'Wie weet, misschien heeft Julien wel een zus,' sust Merel.
Ik hoop het. Anders sla ik een ongelooflijk mal figuur, en dat allemaal door Decrue en die leraars in Marche. Mijn bloed begint weer te koken. Ik moet aan iets anders denken. Dat is niet makkelijk. Ik kan ook gewoon aan niets denken. Dat is nog beter. Helemaal niets. Ondertussen diep in- en uitademen. In en uit. Rustig worden.

'We zijn er bijna,' zegt Merel.
Ik word wakker uit mijn zelfhypnose. Huizen en bomen flitsen aan ons voorbij. Daarna remt de trein ineens heel erg af. Half twaalf. Merel heeft gelijk. We moeten in Marche zijn. Ik voel kriebels in mijn buik.
Merel staat op, pakt haar reistas van het bagagerek en zet ze naast zich op de grond. Ze moet wijdbeens staan, om

niet te vallen door het schudden en beven van de trein. Buiten zie ik achtereenvolgens een containerpark, een perron, verlichtingspalen, een parkeerterrein en een stationsgebouwtje. Ik sta ook op en pak mijn reistas. De trein komt piepend en zuchtend tot stilstand. De zwarte man naast ons en de schilderdoos kijken niet eens op. Hoeveel moeite zou het kosten om Merel en mij *bonne chance*, veel geluk toe te wensen? Ze doen het niet. Ze verkiezen een gesprek met God of met zichzelf.

Merel en ik slaan onze bagage over onze schouders en wandelen de lange gang door. Mijn hart bonst wild in mijn keel. Ook Merel lijkt gespannen. Haar glimlach is ineens verdwenen en ze loert door de raampjes om een glimp van Morgane op te vangen.

Morgane is er niet, evenmin als alle andere Waalse correspondenten, dat merken we dadelijk na het uitstappen. Onze klasgenoten staan er wel allemaal, in een halve cirkel. Zij verdrijven hun zenuwen door behoorlijk luidruchtig te wezen, in het Nederlands dan nog.

'*Qui m'aime, me suive!*' roept Decrue boven het tumult uit. Hij nodigt ons molenwiekend uit om hem te volgen. Vercauter blijft staan. Zij zal de rij sluiten, om zich ervan te vergewissen dat iedereen mee is.

Merel en ik zijn bij de eersten die Decrue volgen. Na ons zet ook de rest van de groep zich in beweging. We wandelen voorbij een leeg wachthokje met kapotte ruiten en

graffiti op de vuile muren. Even verderop wacht een wat oudere, kale man ons op. Hij lacht vriendelijk. Decrue zwaait enthousiast en versnelt zijn pas. Merel en ik volgen. Achter onze rug horen we de rest van de klas nog altijd behoorlijk rumoerig en onbeschaamd Nederlands praten. Gelukkig zijn onze Waalse vrienden en vriendinnen nog altijd nergens te bespeuren. Zij wachten ons waarschijnlijk op school op.
Decrue en zijn Waalse collega omhelzen elkaar.
'Alles goed met jullie?' vraagt Decrues collega daarna aan iedereen, vriendelijk en zonder enig accent.
'*Aucun problème!*' antwoorden we in koor.
We laden onze bagage in de kleine, roestige bestelwagen die op het parkeerterrein achter het stationsgebouw op ons staat te wachten.
'*On y va! Suivez-nous!*' roept de Waalse leraar na het inladen. Samen met Decrue wandelt hij weg. Ze zijn algauw in een druk gesprek gewikkeld. In het Frans. Het gaat snel, ik begrijp bijna niets van wat ze zeggen. Dat belooft, voor straks.
We wandelen de *Rue de la Gare* in lees ik op een bord langs de kant van de weg. Het is een steil aflopende straat. We moeten flink afremmen om te beletten dat we gaan rennen. Er is nauwelijks verkeer op straat. Raar voor een stad als Marche met zo'n kleine twintigduizend inwoners. Hoewel. Het is bijna middag. Zowat iedereen zal aan het

werk of aan het eten zijn.

We slaan een zijstraat in. Rechts een lange rij huizen, links slechts drie gebouwen: drie oude, statige herenhuizen. Daarnaast, in de diepte, ligt het Institut Saint-Sauveur. Het schoolgebouw is groot en mooi. Het is niet opgetrokken uit grijze natuursteen zoals de meeste huizen hier, maar uit rode baksteen en vooral uit heel veel glas. Voor de school ligt een immens schoolplein met een paar basket- en voetbalvelden en vele bomen en struiken. Voor het schoolplein kronkelt een riviertje. Het heldere water stort bruisend naar beneden, zoals in de bergen. Nergens zijn er hekken zoals bij ons. Een inlogsysteem met leerlingenpasjes zal er hier ook wel niet zijn.

'Wow! Dit is geen school, maar een vakantiedomein,' zegt Merel met blinkende ogen.

Ik kan haar geen ongelijk geven. In vergelijking met Saint-Sauveur is onze school een gevangenis. *Une prison*. Dat wordt mijn openingszin straks. Dat is een stuk origineler dan '*Je m'appelle Margot et j'ai quinze ans*.' Wat is 'in vergelijking met' ook alweer in het Frans?

We gaan van de openbare weg af en belanden via een smal en steil aflopend kiezelpad op het schoolplein. Het is net middagpauze. De leerlingen staan in groepjes te keuvelen. Zodra ze ons in de gaten krijgen, stokken de gesprekken. Ze wijzen ons aan, sommigen stoppen hun vingers in hun mond en fluiten luid. Decrue moet er hartelijk om lachen en zwaait enthousiast alsof hij de vedette is en iedereen zich speciaal voor hem op het schoolplein heeft verzameld.

We wandelen naar de brede ingang. Door de ramen van een klaslokaal zonder banken of stoelen zien we een groep jongens en meisjes staan, dicht opeengepakt. Ze zwaaien ons toe van achter het glas. Ze lijken behoorlijk opgewonden. Het is ook best spannend nu, mijn hart klopt in mijn keel. De deuren schuiven open. Een oudere, wat gezette heer in das en maatpak komt ons tegemoet, met uitgestoken hand. Dat zou wel eens de directeur kunnen zijn.

'*Bienvenue dans notre école*!' zegt hij. Hij schudt Decrue de hand, lacht breed onze kant uit.

'*Vous devez être impatients de rencontrer nos élèves.*' Het is niet duidelijk of hij het tegen Decrue of tegen ons allemaal heeft. Er is niet meteen iemand die reageert.

'*Je vous en prie, venez par ici.*'

We volgen de directeur en lopen schoorvoetend de zaal binnen. Aan de linkerkant staat een lange tafel met daarachter een zestal leerling-kelners. De meisjes zijn in rok en bloes, de jongens dragen een zwart kostuum, een wit hemd en een rode strik. Op verschillende dienbladen op de tafel staan glazen met vruchtensap of witte wijn.

'*Servez-vous, prenez un verre.*'

We nemen een glaasje en schuiven daarna wat door, zodat iedereen naar binnen kan. Vlak voor ons, in het midden van de zaal, staan onze correspondenten samengetroept alsof ze ook steun en bescherming bij elkaar zoeken, net zoals wij. Sommigen glimlachen en wijzen iemand uit onze bende aan, iemand die ze herkennen wellicht van de foto die ze opgestuurd kregen of van de webcam. Ze dragen allemaal naamkaartjes op hun borst. Wij hebben dat niet. Ik zoek, maar vind nergens een kaartje met de naam van mijn nieuwe correspondent. Elodie vind ik wel meteen. Ik herken haar van de wenskaart met foto die ze me met Nieuwjaar stuurde. Ze ziet er net als op de foto erg sympathiek uit. Spijtig dat we niet langer samen zijn. Decrue draait zich om en vraagt ons vriendelijk om verder door te wandelen en onze correspondent te gaan opzoeken.

'*Allez-y, avancez,*' dringt hij een paar keer aan.

De dappersten van ons gehoorzamen. Merel heeft Morgane al vlug opgemerkt. Ze omhelzen en kussen elkaar alsof ze al jaren de beste vriendinnen zijn. Dat heeft Decrue ons trouwens ook vaak gezegd: zuiderlingen kussen meer en makkelijker dan wij. Ze doen het bij elke ontmoeting. Jongens kussen zelfs jongens, wat bij ons bijna ondenkbaar is.

Ik blijf staan. Ik weet niet eens hoe mijn correspondent eruitziet. Decrue merkt mijn verwarring op.

'*Où est Julien?*' vraagt hij aan zijn collega. Die wenkt iemand uit het ineens snel slinkende groepje overblijvers dat nog niet gekoppeld is.

Ik zink door de grond. Het is geen kleine boerenjongen met blozende wangen die naar me toe komt wandelen, maar een lange zwarte jongen met dreadlocks. Hij lacht zijn witte tanden bloot. Is dit echt Julien, mijn Julien? Mijn ogen zoeken het naamkaartje op zijn borst. Inderdaad, het staat er, onmiskenbaar: Julien. Wat een bink! Hij kust me één keer op mijn wang.
'*Je... je m'appelle Mar... Margot,*' stotter ik. Mijn originele opener van daarnet ben ik kwijt.
'*Moi, c'est Julien. Enchanté.*'
We kijken elkaar even aan. Julien is minstens een kop groter dan ik. Grote, donkere ogen. Ontwapenende glimlach. Atletisch lichaam. Maar zwart van huid. Heel erg zwart. Of ik wil of niet, ik moet ineens heel erg aan mijn vader denken. God, dit pikt hij nooit. Als die van Marche over een week bij ons komen logeren, mag Julien nooit bij ons intrekken.
'*N'ayez pas peur, je ne mords pas,*' zegt Julien. Hij merkt blijkbaar mijn ontreddering. Ik schaam me. Hij denkt dat het aan hem ligt, dat hij mij persoonlijk schrik inboezemt, maar dat is helemaal niet zo.
'*Non, non, j'ai... ça va,*' brabbel ik lustig verder. Ik drink een flinke slok vruchtensap. Julien doet me na. We kijken wat onwennig naar elkaar en in het rond.
Bij de andere koppels is het ijs blijkbaar sneller gebroken. Steeds luider weerklinkt hun getater en gelach. Ik vind er

niets beters op dan in mijn jaszak te graaien en mijn cadeautje boven te halen.

'*Un petit cadeau pour toi... Désolée, je ne savais pas que tu étais un garçon,*' leg ik nogal sullig uit.

'*Ouais, je suis un mec.*'

Julien lacht zijn witte tanden weer bloot. Hij scheurt de verpakking open, haalt er het knuffelbeertje uit. Ik schaam me dood. Toch lijkt hij niet ontgoocheld met zijn meisjescadeau.

'*Merci, c'est très gentil,*' zegt hij een paar keer. En nog een paar dingen die ik niet begrijp.

'*Silence, s'il vous plaît! Tout le monde écoute?*'

De directeur. Hij staat vooraan, met een microfoon in de hand, klaar om te speechen. Het duurt een tijdje voor iedereen het door heeft. Decrue, Vercauter en hun collega's moeten de massa tot stilte aanmanen. Ten slotte steekt de man toch van wal. Hij vindt het een hele eer om een groep jongeren uit Vlaanderen te ontvangen en hij hoopt dat we ons zullen amuseren. Veel meer begrijp ik er niet van. Dat belooft voor de komende uren en dagen. Misschien had ik mijn vaders raad toch beter gevolgd. Thuis in de serre of op het veld had ik me meer op mijn gemak gevoeld.

Na de directeur komt ook Decrue een woordje plaatsen. Kort en krachtig. Op het einde heft hij het glas. '*A notre amitié!*' Iedereen doet hem enthousiast na.

'*Sympa, ton prof!*' zegt Julien.

Ik knik. Drink weer een slok. Ik voel me nog altijd niet op mijn gemak. Julien heeft geen last van stress of geremdheid meer. Hij vertelt me honderduit over zijn school, zijn vrienden, zijn hobby's. Hij spreekt speciaal traag voor mij. Het lukt me de meeste dingen te verstaan. Ik begrijp dat Julien in Marche zelf woont, op een boogscheut van de school. Dat hij eigenlijk van Rwanda afkomstig is. Dat hij droomt van een carrière als profvoetballer bij een grote club als Standard of Anderlecht. Ik luister vooral. Over mezelf praten doe ik niet. Wat valt er trouwens te zeggen behalve dat ik een superstrenge vader heb die het niet zo op vreemdelingen heeft begrepen?

Na het aperitief gaan we in de zaal ernaast eten. Selfservice. Ik neem een bord spaghetti net als Julien.

Veel krijg ik niet door mijn keel. Merel komt me tijdens de maaltijd heel even een hart onder de riem steken. 'Ik zou willen dat mijn Planbroertje er over vijftien jaar even fantastisch uitziet als jouw ventje hier,' fluistert ze in mijn oor. Ze heeft gelijk natuurlijk. Julien mag gezien worden. En niet alleen dat. Hij heeft iets. Een *je ne sais quoi* dat anderen niet hebben. Charme, warmte, intelligentie en een zeker cool allemaal dooreen, zoiets. Ik ben een bofkont.

Op het einde van de maaltijd delen de leerkrachten van Marche een boekje met het programma uit. We zijn in zes groepjes ingedeeld voor evenveel activiteiten: toneel, zang, dans, muurklimmen, circustechnieken en badminton.

Onze correspondenten hebben vooraf twee activiteiten mogen uitkiezen die ze samen met ons willen doen. Julien koos badminton en zang. Hij checkt nog even vriendelijk of dat geen probleem is voor mij. Ik vind het best. Het had veel slechter gekund. Op muren klimmen bijvoorbeeld, met die vervelende hoogtevrees van me, of circusje spelen, daar ben ik veel te stuntelig voor.
'*Chacun avec son correspondant!*'
In de sportzaal legt de turnleraar eerst kort de spelregels en de elementaire basistechnieken van het badminton uit. Veel begrijp ik er weer niet van, maar Julien knipoogt me een paar keer bemoedigend toe. Dat krikt mijn humeur wat op.
We spelen samen dubbel tegen een ander 'koppel'. Wie het eerst elf punten behaalt, schuift door. Wat wij ook met verve doen. De overwinningen zijn vooral Juliens verdienste. Lenig als een kat neemt hij alle moeilijke slagen voor zijn rekening. Op het laatst mogen we tegen de twee begeleidende gymleraars spelen, voor de tornooizege. Het gaat een hele tijd gelijk op. Wanneer het tien tegen tien staat, slaat Julien de shuttle buiten het bereik van beide leraars krachtig en gemillimeterd in de hoek. We winnen! Julien en ik vliegen elkaar in de armen. Ik word helemaal warm vanbinnen en ik merk dat mijn oren gloeien.
De zangles valt ook mee. Vooraan in de klas zit een hippe leraar achter een piano. We krijgen een blad met de tekst

van een paar liedjes. Meezingers van bij ons met een Frans tekstje. *Si tu as de la joie au cœur* op de tonen van *Lief klein konijntje*. We mogen in de handen klappen, met de voeten stampen, met de vingers knippen. Vooral Julien doet alles perfect op het ritme van de muziek. Dat belooft voor de fuif vanavond.

Na de activiteiten kunnen we even een luchtje scheppen op het schoolplein. Vlamingen en Walen zoeken elkaar op om verslag uit te brengen van de eerste belevenissen. Merel komt naar me toegelopen en vraagt me bezorgd of alles in orde is. Mijn glunderend gezicht spreekt boekdelen.

'De vierdejaars hadden gelijk. Deze uitwisseling is de max!' lacht Merel.

Overal zien we opgeluchte gezichten. Blijkbaar waren er wel meer die hem knepen. Heel wat jongens en meisjes van onze klas nemen de gelegenheid te baat om snel naar huis te bellen en honderduit over hun eerste ervaringen te vertellen. Ook Merel. Ik kijk op mijn polshorloge. Kwart voor zes. Mijn vader is waarschijnlijk nog aan het werk. Dat betekent niks, hij heeft altijd zijn mobieltje bij zich. Bel ik hem ook op? Ik duw dat idee meteen weg. Ik ben bang dat door dat telefoontje mijn goede humeur als sneeuw voor de zon verdwijnt. Misschien wacht ik beter tot later op de avond.

'*Terminé. Tout le monde rentre!*'

In de eetzaal krijgen we een broodjesmaaltijd. Ik heb reuzenhonger gekregen van de badmintongames en het zingen. Ook Julien steekt aardig wat *tartines* achter zijn kiezen. Als toetje krijgen we allemaal een heerlijke huisbereide chocolademousse.

Als iedereen opstaat en naar de uitgang wandelt, verandert de refter achter ons in een fuifzaal: tafels en stoelen worden aan de kant geschoven, slingers aan de muren gehangen, discobar in de ene en een geïmproviseerde bar in de andere hoek geïnstalleerd. De leraars komen met bakken frisdrank en water aansjorren en zetten tientallen plastic bekertjes klaar op de tafels.

Wij kleden ons om in de klaslokalen. De meisjes links, de jongens rechts. Ik trek mijn mooiste topje aan, spuit wat deodorant onder mijn oksels. Ik ben fuifklaar. Toch slaat de schrik me om het hart. Durf ik straks wel te dansen? Zal ik geen mal figuur slaan tussen de jongens en meisjes die wekelijks naar de dancing gaan?

4

De dj gaat meteen loeihard van start. ‘Het was vorig jaar net zo,’ schreeuwt Decrue ons toe boven de tonen van een onbekende Franstalige metalband. ‘Ze houden hier nogal van *heavy*.’ Zoals mijn stiefbroer dus. Die zou zich hier zeker in zijn sas voelen.

Een paar meisjes wagen zich meteen op de dansvloer. Ze dansen vanaf de eerste seconde zonder schroom. Ik besef dat mijn eigen danspasjes daarbij schril zullen afsteken.

Merel heeft mijn blik gevolgd, maar begrijpt me verkeerd. ‘Zullen we ook?’ vraagt ze met grote, blinkende ogen. Ze grijpt me resoluut bij de pols en sleurt me de dansvloer op. Gelukkig staan we niet meteen in de buurt van de *dancing queens*.

‘Je moet ervan profiteren,’ zegt Merel terwijl ze op het ritme van de muziek begint te *shaken*. ‘Voor je het weet is de avond voorbij.’

Ze heeft gelijk. Het kan niet de bedoeling zijn dat ik de hele avond als een muurbloempje aan de kant blijf staan. Voor een keer dat mijn vader niet in mijn buurt is...

Aarzelend begin ook ik te bewegen. Zullen ze me niet allemaal aanstaren? Zullen ze niet meteen doorhebben dat ik dit helemaal niet gewoon ben, dat ik een absolute beginner ben? Merel danst prima. Even goed bijna als het groepje meisjes dat ik daarnet in de gaten hield. Ik probeer haar bewegingen zo goed mogelijk te imiteren. Gelukkig is het behoorlijk donker in de zaal. Alleen de gekleurde spots bij de discobar zorgen ervoor dat we net genoeg zien om nergens tegenaan te stoten. Waar is Julien? Ik kijk in het rond. Schrik slaat me om het hart. Julien staat ook op de dansvloer, met vier of vijf vrienden om hem heen. Ze dansen niet eens zo ver van ons vandaan. Julien kijkt af en toe mijn kant op, zoekt mijn ogen. Hij lijkt te vragen of ik het leuk vind. Ik steek even mijn duim op. Julien heeft een ongelooflijk gevoel voor ritme. De bewegingen van zijn armen, benen, van zijn hele *body* passen perfect bij de muziek. Ritme zit hem duidelijk in het bloed. In vergelijking met Julien bewegen de andere jongens als houten klazen. Zoals ik dus.

'Je danst goed,' zegt Merel.

Ze wil me aanmoedigen. Lief van haar. Ze danst veel beter dan ik, dat zie ik ook wel. Ze heeft al kunnen oefenen op de scouts- en chirofuiven waar ik van mijn vader nooit naartoe mag. Ik denk wel dat ik het graag zou doen, dat dansen. Misschien moet ik het mijn vader voorstellen als ik thuiskom? Ik heb toch recht op een hobby zoals iedereen? Ik duw de gedachte meteen weg. *Geen valse hoop, Margot! Het zal nooit lukken om hem te overtuigen.*

Mijn haar, mijn armen en benen, mijn schouders, mijn borsten, mijn heupen: alles beweegt. Steeds beter. Juister. Ritmischer. Vooral als ik mijn ogen sluit, zweef ik. Heerlijk is dat. Geen zwaartekracht meer. Licht. Alles is licht. Het leven. Ik. Vederlicht.

Ik weet niet hoe lang we op de dansvloer staan. Tussen twee nummers in grijpt Merel me ineens bij de arm en trekt me mee naar de bar. Ik voel het nu ook pas: dorst! Ik gris een beker van de tafel en drink hem in een teug leeg. Als ik me omdraai om de dansers te bekijken, bots ik tegen de brede borst van Julien. Meteen gaan mijn oren weer gloeien.

'*Viens un peu, j'ai quelque chose à te montrer.*' Zijn donkere ogen lachen naar me.

Ik volg. Julien neemt ook een bekertje van de hoek van de tafel en drinkt ervan. We wandelen de zaal uit, de gang door, naar buiten. Het schoolplein ligt er donker en verlaten bij. Alleen de toiletten, rechts, zijn verlicht. In een hoekje van het schoolplein staan een paar jongens te praten. Ik herken niemand. Waarschijnlijk zijn het allemaal kerels van Marche. Ze staan te ver van ons af om te begrijpen wat ze elkaar te vertellen hebben. Een avondbries koelt mijn bezwete armen en schouders. Als ik hier te lang blijf, doe ik een fikse verkoudheid op. Wat is Julien van plan? Hij neemt me bij de hand, een heerlijk warme hand, en troont me met zich mee. In het midden van het plein stopt hij, zet zijn drinkbeker op de grond en gaat op zijn rug liggen, op de koude betonnen vloer van het schoolplein. Hij geeft een teken dat ik zijn voorbeeld moet volgen.

'*Regarde un peu le ciel, tu ne peux pas rater ça,*' zegt hij. Hij wijst naar de sterrenhemel.

Verbaasd kijk ik omhoog.

'*C'est vraiment beau, Margot!*'

Ik ga naast hem liggen. De grond is koud, en toch heb ik het warm.

'*Tu les as déjà comptées?* Heb je ze al geteld?'

Stomme vraag besef ik meteen. Alsof het aantal sterren ertoe doet. Dit is geen les wiskunde of astronomie.

'*Non, mais il doit y en avoir des milliers,*' antwoordt Julien rustig.

'*Où est la... la Grande Ourse?* De Grote Beer?'

Het is het eerste sterrenbeeld dat me te binnen schiet.

'*Juste au-dessus de ta tête. Sept étoiles claires de la forme d'une poêle. Tu les vois?*'

Ik ben er niet helemaal zeker van, maar knik toch.

'In het noordwesten, kun je de Kleine Beer zien. De helderste ster is... *l'étoile Polaire.*'

'*Oui, oui, je l'ai trouvée!*' Ik zie ze. Jaren geleden heb ik erover geleerd. Sindsdien heb ik er nooit meer naar gezocht, maar nu vind ik de Poolster weer, dankzij Julien.

'*C'est beau, Julien,*' zeg ik. Ik meen het. Ik grijp zijn hand.

'*En Afrique, c'est encore plus beau. Het is er 's nachts nog helemaal donker.* Er is geen kunstverlichting zoals in Europa. Nu is het nog te vroeg, maar ooit wil ik naar Afrika terug,' mijmert Julien.
Om nog mooiere sterrenhemels te bewonderen? Om familie of vrienden terug te zien? Het schiet me ineens te binnen dat ik nog niets weet over zijn verleden. Wanneer en waarom is Julien naar ons land gekomen? Durf ik het hem te vragen? Is dit het goede moment wel?
'Opstaan! *Debout!*'
Decrue. Hij staat bij ons. Boven ons. Een lelijk, boos hoofd. Verschrikt lossen Julien en ik elkaars hand en krabbelen overeind.
'*Excusez-moi, Monsieur,*' zegt Julien beteuterd.
'Julien toont mij... al de... de sterren,' stamel ik.
Als twee betrapte misdadigers maken we ons snel uit de voeten. Binnen in de zaal slaan de muziek en de warmte ons in het gezicht.
'Kom, we gaan weer dansen,' zegt Merel die blijkbaar de hele tijd aan de rand van de dansvloer op mij is blijven wachten. Ze haakt haar rechterarm achter mijn linker en trekt me met zich mee.

5

Ik dans nog meer dan daarnet de ziel uit mijn lijf. Als ik mijn ogen sluit, zie ik jammer genoeg Decrue voor me staan. De zuurpruim. Waarom moest hij ons onderonsje zo nodig onderbreken? Julien en ik deden toch niets verkeerds? Hopelijk laat Julien zich hierdoor niet uit het lood slaan. Hij staat bij zijn vrienden aan de zijkant, maar waagt zich voorlopig niet meer op de dansvloer.
'Was het romantisch, samen lekker languit op de grond?' vraagt Merel plagerig.
Ik schrik. Ze heeft dus alles gezien! Natuurlijk: de vensters van de zaal geven uit op het schoolplein. Ik dacht dat Julien en ik zo goed als alleen waren...
'Super. Maar kort. Veel te kort,' antwoord ik met een knipoog.
'Zou je nog willen ruilen met mij?'
Ik schud het hoofd. Toegegeven, die late wissel van Decrue is een voltreffer. Ik heb met Julien echt wel de hoofdvogel afgeschoten.
'Julien wou me de sterren laten zien,' zeg ik.
'Dat belooft voor vannacht,' lacht Merel.
We dansen weer. Alle remmen los. Van de aarde weg. We

zweven. Tussen de sterren. De Poolster. De Beren. Venus en Mars. Blijven zweven. Dat wil ik. De hele nacht. Al de anderen zullen afvallen, een na een. Ik niet. Ik ga door. Tot ik alleen overblijf. Alleen met Julien.
Het is me niet gegund. De muziek stopt midden in een lied. Is er een stroompanne misschien? De spots branden nog, en ook de lichten aan de zijkant.
'Julien! Julien!' klinkt het uit vele kelen. Ik snap niet wat er gebeurt. Merel lijkt al even verbaasd. Een paar Walen duwen Julien naar voren, richting discobar. De dj reikt hem een microfoon aan. Moet Julien een speech geven? Of een lied zingen?
Merel trekt me met zich mee. We passen met ons tweeën nog net in het laatste gaatje van de wijde cirkel die zich rond Julien vormt. Weer lacht Julien zijn tanden bloot. Zijn ogen glinsteren. Hij duwt de microfoon tegen zijn lippen. Begint, zonder muziek, een soort rapnummer. Ritme en geluid creëert hij niet zozeer met zijn stem, maar vooral met zijn mond, tong en lippen. De aders spannen zich op in zijn keel. Iedereen klapt in de handen op het ritme van zijn rauwe, maar warme klanken, zijn microfoonbeats. *Microphone beats of love.* Dit is honderdmaal mooier en intenser dan wat ik ooit heb gehoord.
Als Julien stopt, barst een oorverdovend applaus los. Hij buigt voorover en lacht verlegen. De dj zet een nieuwe plaat in. Zachte, romantische muziek. Voor de eerste keer

vanavond een slow. Merel en ik willen naar de kant. Julien grijpt mijn arm.
'*Tu danses avec moi*?' vraagt hij.
Ik volg hem maar al te graag naar het midden van de dansvloer. Ik ken de plaat niet. Maar de muziek past wonderwel. Julien neemt me voorzichtig bij mijn heupen vast en ik sla mijn armen om zijn hals. We dansen dicht bijeen.
'*Ça va? Tu t'amuses bien?*' vraagt hij zacht.
Ik knik. Hij zou eens moeten weten. Ik laat mijn hoofd rusten tegen zijn schouder en sluit mijn ogen. Alleen Julien en ik. Al de rest vergeten. Langzaam wegzweven tussen de mooiste sterren.
Verdorie! Het mobieltje in mijn broekzak trilt. Dat moet mijn vader zijn. Net nu. Ik had hem toch beter gebeld daarnet.
'*Désolée. Mon père...*' zeg ik met een krop in mijn keel. Ook Julien lijkt ontgoocheld. Ik haal mijn mobieltje boven en haast me de zaal uit. In de gang duw ik op de toets.
'Margot! Waarom heb je me nog niet gebeld? Is er iets?' Mijn vader klinkt behoorlijk ongerust.
'Sorry, we hebben hier een fuif...'
'Is dat nu ook al de taak van scholen, fuiven organiseren?' Als het aan mijn vader lag, deden we in ons leven niets anders dan studeren of werken.
'Het is de afsluiter van een zware dag. Om even te ontspannen,' werp ik tegen.

'Hoe gaat het met je correspondente, die... euh... Elodie. Valt ze mee?'
Een hele dag al wist ik dat die vraag zou komen. Nu het zover is, weet ik niet wat ik moet zeggen.
'Euh... ze heet niet Elodie, papa.'
Mijn hart gaat wild te keer. Zal ik liegen? Wat zal er gebeuren over een week, als Julien met zijn klas bij ons op tegenbezoek komt? Moet hij dan in een ander gezin logeren? Dat kan toch niet!
'Hoezo?'
'Mijn correspondent heet... Julien.'
Het is eruit. Julien. Geen Julienne. Ik kon niet liegen.
Stilte aan de andere kant. Ongeloof. Verontwaardiging. Stilte voor de storm.
'Een jongen! Dat kan toch niet! Wat halen die schoolmeesters zich in het hoofd?'
Een jongen. Inderdaad. Wat voor een. Een kanjer. Dat hij zwart is, krijg ik niet meer over mijn lippen.
'Maak je niet ongerust. Hij valt reuze mee, paps,' sus ik.
'Dat zal wel! Ben je al bij hem thuis geweest?'
'Nee, dat is voor straks, maar volgens de leraars hier zijn Juliens ouders hele lieve mensen.'
'Die schoolmeesters kunnen zeggen wat ze willen. Geef me de verantwoordelijke eens door!'
Dat is niet eens zo'n slecht idee. Als er iemand mijn vader kan overtuigen, is het Decrue. Ik loop naar de zaal terug en

duw de deur open. Decrue staat achter de geïmproviseerde bar. Ik wenk hem. Hij komt meteen naar me toe. Samen lopen we de zaal uit.

‘Het is mijn vader. Hij wil u dringend spreken,’ zeg ik. Ik geef mijn mobieltje door.

‘Hallo? Ja, daar spreekt u mee.’

Ik blijf staan. Decrue loopt pratend de gang door, duwt de zijdeur open, loopt het schoolplein op. Ik zie hem door de glazen wand, maar hoor niet meer wat hij zegt. Hij gesticuleert hevig, zoals met de directeur vanmorgen. Of nog heviger misschien. Ik supporter aan de zijlijn. Vooruit, laat niet op je kop zitten, man!

Als Decrue ten slotte mijn mobieltje afduwt en terugkeert, ziet hij er behoorlijk afgemat uit.

‘Je vader is geen gemakkelijk man,’ zucht hij.

‘En?’ vraag ik, benieuwd naar de afloop.

‘Toen hij hoorde dat Julien een zwarte jongen is, heeft hij de verbinding verbroken.’

Hij heeft het verklapt. Alsof iemand een emmer ijskoud water over me heen giet, zo voelt het.

‘Wat nu?’ vraag ik ontzet.

‘Het is niet mijn gewoonte om mensen die telefoons dichtgooien, terug te bellen,’ zegt Decrue hooghartig.

Verdomme. Ik weet het zeker: dit loopt niet goed af. Mijn vader is in staat om hier naartoe te vlammen en mij weer mee naar huis te nemen.

'Wat moet ik doen?' vraag ik wanhopig.

'Misschien is het beter dat je niet bij Julien logeert. Voor jou en voor je vader. We hebben alternatieven achter de hand. Een soort reservelijst zeg maar. Je kunt logeren bij leerlingen uit andere klassen of bij leraars die in de buurt van de school wonen. Wat denk je?'

'Wat moeten Julien en zijn ouders dan niet van ons denken?' schreeuw ik. 'Dat we racisten zijn?'

Decrue schrikt behoorlijk van mijn felle reactie. Hij kijkt me een tijdje met open mond aan.

'Misschien heb je wel gelijk,' zegt hij daarna. 'Maar bel straks toch maar even je vader terug op. Als hij wat gekalmeerd is.'

Ik knik. Ik wandel met Decrue terug naar de zaal. Merel komt op me af.

'Gaat het?' vraagt ze.

Ik knik.

'Je liegt,' zegt ze.

Ze duwt me met zich mee, de gang door, de meisjestoiletten in.

'Wat is er aan de hand?' vraagt ze.

Ik duw een deur open, ga zitten op de toiletbril en barst in tranen uit. Merel hurkt voor me neer, legt haar armen op mijn knieën en kijkt me bezorgd aan. In horten en stoten vertel ik wat er is gebeurd.

'Probeer je vader een beetje te begrijpen,' zegt ze. 'Hij is

eerst jouw moeder verloren. Dan zijn tweede vrouw. En nu is zijn stiefzoon ervandoor. Hij heeft alleen jou nog.'
'Als hij zo verder doet, verliest hij mij ook!' snik ik.
Merel knikt en zwijgt. Het duurt een poos, maar uiteindelijk bedaar ik wat.
'Kom, ik zal je helpen. Geef mij je vader eens door,' zegt Merel met een vastberaden trek om haar mond.
Merel heeft altijd al een kalmerende invloed op mijn vader gehad. Zij is de dochter zoals hij zich die gewenst had. Ze komt soms helpen in de serres, zomaar voor niets. Hij zal haar niet zomaar afsnauwen.
Ik toets het nummer van mijn vader in en geef mijn mobieltje aan Merel voor mijn vader opneemt.
'Meneer Neyrinck? Merel hier.'
Merel knikt. Ze luistert geduldig naar mijn vader. Zegt een hele tijd niets anders dan 'ja... ja... ja.' Mijn vader stort blijkbaar zijn hart uit. Af en toe hoor ik even zijn klagende stem.
'Het is niet nodig dat u naar hier komt, meneer. Echt niet!' zegt Merel na een poosje.
Mijn vader neemt het dus toch in overweging. Hoe laat is het nu? Bijna tien uur. Als hij nu met de wagen vertrekt, komt hij hier ten vroegste even na middernacht aan. Dan liggen we toch allang allemaal in bed. De fuif eindigt om elf uur. Speciaal zo vroeg om te vermijden dat we er morgen allemaal als zombies bijlopen.

‘Margot logeert vannacht en morgen bij mij en mijn correspondente Morgane. Ik heb het haar daarnet voorgesteld en het is oké. Is dat goed voor u?’
Ik schrik op. Wat belooft Merel nu? Geen denken aan. Ik gesticuleer hevig, schud van nee. Maar Merel knipoogt naar me. Ik snap het. Ze liegt. Om te verhinderen dat mijn vader naar Marche komt.
‘Ja, ik zal voor haar zorgen. Maakt u zich maar niet ongerust. Zonder dank, meneer.’
Ze duwt af en geeft me mijn mobieltje terug.
‘Het is gelukt!’ zegt ze. ‘Officieel logeer je bij ons.’
‘En niet officieel?’
We lachen samenzweerderig en omhelzen elkaar.
‘Je bent een echte vriendin. Bedankt,’ zeg ik.
‘Kom, we gaan terug dansen!’
Ik check even in de grote spiegel boven de wastafels hoe ik eruitzie. Mijn ogen zijn wat rood. Op de schaars verlichte dansvloer zal niemand daar iets van merken.
We lopen terug de toiletten uit en stuiven de dansvloer op. Ik neem me voor om vanaf nu op vrijdagavond altijd met Merel mee te gaan. We dansen allebei alsof ons leven ervan afhangt. Het zweet gutst van onze voorhoofden en van onze armen. Er is veel minder plaats en zuurstof dan daarnet. Zowat iedereen staat nu op de dansvloer. Julien is er ook weer bij. Hij draait een paar keer dansend en flirtend om me heen. Hij lijkt niet boos om het storende telefoontje

van daarnet of door mijn lange afwezigheid. Ik hoop op een nieuwe slow, maar die komt er jammer genoeg niet meer. Stipt om elf uur knipperen de grote zaallichten aan.

'*Dormez bien! Faites de beaux rêves, en français!*' zegt de dj zonder al te veel enthousiasme.

Krak de woorden van Decrue in de les. Blijkbaar heeft hij de dj ingefluisterd wat hij moest zeggen. Dromen in het Frans... In de les hebben we erom moeten lachen. Nu geloof ik dat het mogelijk is.

'*Vous trouverez vos bagages à la sortie*!' roepen de leraars van Marche een paar keer.

In geen tijd is de zaal leeg. Merel, Morgane, Julien en ikzelf blijven achter. Omdat we het dichtst bij de school logeren, hebben we de twijfelachtige eer om te helpen opruimen. Samen met de leraars gooien we de gebruikte plastic bekers in de vuilnisbakken en zetten alle stoelen en tafels keurig terug op hun plaats. De leraars van Marche dweilen nog snel even het midden van de dansvloer, die kleverig is door de vele gemorste frisdrank.

De dj en zijn assistent breken in geen tijd de hele muziekinstallatie af en laden alles in hun bestelwagen. Voor ze vertrekken krijgen ze nog een enveloppe toegestopt.

'*C'était très bien! Félicitations*!' zeggen de collega's van Decrue en Vercauter. Schoudergeklop. Brede glimlach. En weg zijn de dj's, de nacht in.

'Logeer je nu toch bij Julien? Is het oké voor je vader?'

vraagt Decrue me op een ogenblik dat Julien wat verderop met Morgane staat te babbelen.

'Geen probleem. Ik heb hem kunnen overtuigen,' zeg ik met een uitgestreken gezicht.

'*Bon. Allons-y*!'

Ik vraag niet liever.

6

Het is fris buiten. En donker. We struikelen net niet over onze bagage die nu op het schoolplein ligt uitgestald. Ik wil mijn reistas grijpen, maar Julien is me net iets te vlug af.

'*Non, non! C'est moi qui porte. Tu es mon invitée,*' zegt hij vriendelijk. Een gentleman is hij ook al. Ik voel me een prinses. Een prinses met een kriebelende buik en gloeiende oren.

Zwijgend wandelen we over het schoolplein naar de straat. Hoewel ze niet ver wonen, staan de ouders van Morgane toch Merel en Morgane op te wachten met de auto. We nemen afscheid. Alleen Decrue, Vercauter en hun twee Waalse collega's staan nog bij Julien en mij. Ze stellen voor om ons een lift tot bij Juliens huis te geven.

'*Non, merci, j'habite vraiment tout près,*' wimpelt Julien hun suggestie beleefd maar kordaat af.

We wandelen met ons tweetjes verder. Julien slaat zijn vrije rechterarm over mijn schouders. Ik aarzel even, leg dan mijn arm om zijn middel. Mijn hart slaat even over...

We horen alleen onze eigen voetstappen. Verder is er niets dan de stilte. Alle straatlichten zijn gedoofd. Boven ons hangt de sterrenhemel in al zijn pracht. De Grote Beer, de Kleine Beer, de Poolster: ze zijn er allemaal en ik vind ze haast meteen wanneer ik mijn ogen opsla.

Na een poosje komen we weer in dezelfde straat als vanmiddag, *de Rue de la Gare*. Niet te geloven dat dit een van de hoofdstraten van de stad is. Ook nu is er hier geen kat te zien. Dit keer slaan we rechtsaf en wandelen verder naar beneden, richting stadscentrum. Heel even maar. Algauw slaan we een nieuwe zijstraat in. Het is een smalle straat met nauwelijks huizen. Waar geen huizen staan, zijn diepe, donkere gaten. Het moet best eng zijn om hier 's nachts alleen te lopen. Maar nu is Julien bij me. Wie durft zo'n reus wat te doen?

Rue de l'Oise lees ik op het bord aan de rechterkant. Julien woont in deze straat, dat heeft hij me vanmiddag verteld. Jammer. Eigenlijk wou ik dat Julien aan het einde van de wereld woonde. Dan wandelden wij daar met ons tweetjes gewoon naartoe. *A neverending walk.*

Heb ik me ooit gevoeld zoals nu? Ik denk het niet. Het enige schaduwmoment van de dag was dat telefoontje van mijn vader. Maar hij is me niet komen halen. Hij heeft alleen even zijn tanden laten zien, als een grommende beer, van op een afstand. Misschien duurt mijn geluk maar drie dagen, maar daar wil ik nu niet aan denken.

'*Demain on va à Durbuy. La Petite Merveille, tu connais?*' zegt Julien.

Ik schud het hoofd. Hoe zou ik iets over Durbuy of La Petite Merveille kunnen weten? Vóór vandaag ben ik nooit uit mijn eigen dorp weggeweest. Volgend jaar verandert dat gelukkig. Dan ga ik naar een andere school, in de stad.

'*La Petite Merveille est une société qui organise des activités sportives en pleine nature*,' legt Julien uit. '*On a dû choisir à votre place*. Kajak, speleo of via ferrata: raad eens wat het wordt?'

Wat zou hij eruit gepikt hebben voor ons, voor mij? Een kajaktochtje, hoop ik. Dat lijkt me veruit de meest romantische activiteit. Mezelf door smalle rotsgaten wurmen om daarna in druipende onderaardse gangen rond te dwalen lijkt me veel minder aantrekkelijk en tientallen meters boven de begane grond aan een dunne kabel bungelen is al helemaal niets voor een bangerd als ik.

'*Le kayak!*' zegt Julien triomfantelijk.

Ik geef hem een zoen op de wang. Wij met ons tweetjes in een kano op een kronkelend riviertje in de Ardennen: ik had zelf niets romantischer kunnen bedenken.

'Kijk, *au bout de la rue, à gauche*: dat is mijn huis!'

Het is een oud, statig herenhuis met een mooi balkon in het midden van de eerste verdieping. Ik zie mezelf daar al staan als een echte Julia, terwijl mijn Romeo me vanaf de begane grond zoetgevooisde woordjes toezingt. Of, nog beter: *microphone beats of love...*

Er brandt licht achter de gordijnen in de woonkamer. De ouders van Julien zijn nog op. Kijken ze ernaar uit me te ontmoeten? Mijn vader zou dat nooit doen, zo laat opblijven. Hij moet 's morgens altijd vroeg uit de veren voor zijn werk. Soms kruipt hij al om negen uur onder de lakens en dan moet ik, zin of niet, zijn voorbeeld volgen zodat hij onbezorgd kan inslapen.
Julien is stil blijven staan. Hij zet mijn reistas op de grond, haalt zijn arm van mijn schouders en grijpt mijn beide handen vast. We kijken elkaar aan. Er fonkelen niet alleen sterren boven onze hoofden, maar ook in Juliens ogen en misschien ook in de mijne. Onze mond, onze lippen, onze tong naderen. Raken...

7

‘*Réveille-toi*! Wakker worden, Margot!’

Mijn oogleden zijn zwaar. Ik probeer ze open te trekken. Het lukt maar half. Voor mij, door de waas die voor mijn ogen hangt heen, zie ik een groezelige deur zonder klink. Boven mijn hoofd een metershoog plafond. De kamer is zo goed als leeg. Een koude, kille kamer. Ik lig op een koude, kille vloer.

‘*Ne te rendors pas*! Slaap niet weer in, Margot. *C’est moi, Julien*.’

Vingertoppen tikken tegen mijn wangen. Met moeite hou ik mijn ogen open. Ik draai mijn hoofd opzij. Julien zit geknield naast me. Lieve Julien. Hij kijkt me bezorgd aan. Is het door de bruuske beweging die ik maak? Ik voel ineens een steek in mijn nek en trek een grimas van de pijn. Julien grijpt mijn handen.

‘*Ça va*? Niet bang zijn, Margot.’

Bang zijn? Waarvan? Van wie? Ik begrijp er niets van.

‘Wa... wat is er gebeurd?’ vraag ik met schorre stem.

‘*Je ne sais pas*. Ik weet het zelf niet,’ zegt Julien terwijl hij mijn vingers streelt. ‘Maar wees gerust, we komen hier wel uit.’

Ik wil overeind krabbelen. Ik slaag erin half rechtop te gaan zitten. Verder geraak ik niet. In mijn hoofd bonst en bonkt de pijn. Ik wrijf met mijn hand over mijn achterhoofd. Ik voel een buil zo groot als een kippenei. Ben ik gevallen? Heeft iemand me op mijn hoofd geslagen? Misschien ben ik wel flauwgevallen van het kussen? Want dat waren we toch aan het doen, Julien en ik: kussen. Ik herinner het me weer. Kun je daarvan van je stokje gaan?

Verbaasd kijk ik om me heen. We bevinden ons in een eerder kleine, smalle kamer van pakweg drie op vier. Links achter me, tegen de zijmuur, staan twee metalen stapelbedden met grauwe lakens en hoofdkussens, en grijze dekens met gaten erin. Naast het bed staat een nachtemmer in de hoek. De muren zijn grijs geschilderd maar overal, vooral onderaan, bladdert de verf af. De muren zijn kaal en er zijn geen ramen. Boven onze hoofden hangt een gloeilamp aan een lange draad.

'Zitten we opgesloten? Zijn we ontvoerd... euh... *On nous a kidnappés*?'

Julien knikt langzaam.

'*J'ai déjà entendu des voix.* Ik heb al stemmen gehoord, achter de deur en rond het gebouw. Zware mannenstemmen. Maar tot nu toe is nog niemand onze kamer binnengekomen.'

Ik tast in mijn broekzak. Weg mobieltje. Daar vreesde ik al voor. En mijn reistas? Ook nergens te bespeuren.

‘*J’ai tout perdu aussi*,’ zegt Julien. ‘Jas, pet, sleutels... Tot zover het slechte nieuws. Het goede: we leven nog. *Et on n’est pas seuls*, we hebben elkaar. Dat scheelt.’
Een onverbeterlijke optimist, die Julien. Ik wou dat ik ook zo kon zijn. Maar het lukt me niet. Naarmate het dieper tot me doordringt wat er aan de hand is, word ik banger. Die ontvoerders... Wie zijn ze? Wat zijn ze van plan? Zullen ze ons ombrengen? Ik beef bij de gedachte. Julien merkt het. Hij legt een arm om mijn schouder.
‘*A quoi tu penses*? Waaraan denk je?’
Ik haal de schouders op. Aan niets bijzonders. Of toch. Aan wie dit soort waanzinnige misdaden pleegt. Waarom. Hoe vreemd dit allemaal is. Onwezenlijk. Dit gebeurt toch alleen maar in films. Of je hoort het misschien eens op het journaal. Maar dan is het een verre werkelijkheid, iets wat alleen anderen overkomt. Nu overkomt het mij. Hier, in Marche. Net nu ik voor de allereerste keer in mijn leven even van thuis weg ben...
‘Mijn vader!’ roep ik uit. ‘Hij overleeft het niet.’
Ik spring overeind. Loop naar de deur. Wil erop bonken met mijn vuisten. Maar ik bedenk me. Draai me om.
‘*Pas de panique*. We redden ons wel,’ zegt Julien. Hij staat ook op.
Ik kijk op mijn horloge. Het is even voorbij enen. Om hoe laat was de fuif ook alweer afgelopen? Iets over elven, toch? Waren we al die tijd buiten westen? Dat moet een harde

klap geweest zijn. Of hebben onze ontvoerders misschien een verdovingsmiddel gebruikt om ons een tijdje koest te houden? De tijd die ze nodig hadden om ons te vervoeren. In elk geval ligt mijn vader nu al lang in bed. Hij slaapt de slaap der onschuldigen.

'Ik wil hier zo snel mogelijk weg. Anders zwaait er wat.'

'*Ce n'est pas notre faute*,' zegt Julien.

'Was jij ook bewusteloos?' vraag ik.

Julien knikt. 'Ik ben net voor jou ontwaakt.' Hij laat zijn achterhoofd zien. Een joekel van een buil, nog groter dan de mijne.

'Heb je onze overvallers gezien?'

Julien schudt het hoofd. Dat heeft hij niet. Net zo min als ik. Het zijn professionelen, zoveel is zeker. Maar waarom wij?

Ik zucht. Ga op het onderste bed zitten. De springveren matras piept en zakt diep door. Dieper nog, tot tegen de grond bijna, als Julien naast me komt zitten. Hij staart me indringend aan.

'*T'as vraiment peur de ton père*. Eerst was er dat telefoontje tijdens de fuif. Nu ben je weer met hem bezig...'

'Dat kun jij niet begrijpen!' bijt ik.

Julien schrikt van mijn felle reactie. Die heeft hij ook helemaal niet verdiend, besef ik meteen.

'So... sorry,' murmel ik.

Verder geraak ik niet. Zwijgend staar ik naar de vloer. Zou

ik het hem vertellen? Buiten mijn familie is Merel de enige die weet wat er allemaal is gebeurd. We lopen er niet mee te koop. Waarom zouden we? Maar dit voelt anders... Julien heeft recht op meer uitleg. Niet alleen omdat we samen opgesloten zitten. Ik ben als de dood dat Julien de verkeerde conclusies trekt. Over mijn vader. Over mij.
'Hoe zal ik het zeggen? Er is een reden... *une raison* waarom mijn vader zo overbezorgd is.'
Julien kijkt me met grote, onderzoekende ogen aan.
'Hij heeft... wij hebben al heel wat meegemaakt,' zeg ik. 'Tien jaar geleden is mijn mama gestorven.'
Telkens als ik het woord mama uitspreek, prikken er tranen. Ook nu weer. Ik heb veel te weinig mama kunnen zeggen. Amper vijf jaar was ik toen het gebeurde. Veel herinner ik me niet meer van haar. Wel dat ze me na schooltijd met de fiets kwam halen. En dat ze altijd goed gehumeurd was. Dat ze de lekkerste confituurtaart van de wereld kon bakken. Nu krijg ik die niet meer door mijn keel. De geur alleen al maakt me misselijk.
'Ze hebben haar gevonden langs het jaagpad. Vermoord. Door een kerel van zeventien. Hij zat altijd te vissen aan het kanaal. Nou ja. Hij deed alsof hij zat te vissen. Intussen hield hij onschuldige vrouwen in de gaten. Zoals mama... Hij heeft haar gegrepen, toen ze daar voorbij jogde. Hij heeft haar eerst verkracht. En toen... '
Ik bijt op mijn onderlip. Julien legt zijn hand op mijn dij.

In zijn blik lees ik medelijden en begrip. Heel veel begrip. Alsof hij iets gelijkaardigs heeft meegemaakt. Dat kan natuurlijk niet. Zijn ouders leven nog. Ze zaten op ons te wachten daar, in de *Rue de l'Oise*. Ze moeten doodongerust zijn. Zouden ze de politie al hebben ingelicht? Wordt er al naar ons gezocht?
'Mijn pa heeft het zwaar te verduren gehad, dat kun je je wel voorstellen. Geen tijd om te rouwen, het bedrijf moest blijven draaien. En dan een kleine lastpost als ik erbij...'
'*Las-poste? C'est quoi?*' vraagt Julien ontwapenend naïef.
'*Une fille embêtante,*' antwoord ik met een knipoog.
Julien wil me tegenspreken, maar ik maak een afwerend gebaar. Mijn verhaal is nog niet af.
'Drie jaar geleden heeft mijn vader een nieuwe vrouw leren kennen, Lena. Zij had al een zoon van zeventien, Kevin. Lena kon mama niet vervangen natuurlijk, maar het ging echt goed tussen ons. Ze maakte dat het weer gezellig werd in huis. En ze hielp papa in het bedrijf. Het leven werd weer lichter. Toen werd Lena van de ene op de andere dag ziek. Leverkanker. Overal uitzaaiingen. Nauwelijks zes maanden heeft ze nog geleefd...'
'*La vie n'est pas juste,*' schuddebolt Julien.
Wat je zegt.
'Mijn vader hield zich eerst nog sterk. Voor mij. Voor Kevin. Maar een paar maanden later stond Kevin opeens met zijn koffer in de hand in de woonkamer. "Ik ga hier weg,"

zei hij. We hebben geprobeerd met hem te praten, geprobeerd hem op andere gedachten te brengen. Vergeefse moeite. Diezelfde avond is hij vertrokken. We hebben hem niet meer teruggezien... Mijn vader beschouwde Kevin als zijn eigen zoon. Hij was van plan om hem over een paar jaar het bedrijf in handen te geven.'

'*Il est où maintenant, ton frère*?'

'*Mon frère* heb ik hem nooit echt genoemd. Erg close waren we niet. Kevin was nogal op zichzelf. Hij sloot zich vaak op in zijn kamer, de muziek snoeihard. *Dead metal*, zoiets. Hij had alleen skinheads als vrienden. Als hij met hen uitging, dronk hij te veel. Ik heb hem meer dan eens zijn ingewanden leeg horen kotsen. Ik heb geen idee waar hij nu uithangt. Hij is al meer dan een half jaar bij ons weg en heeft niets meer van zich laten horen. Misschien is hij weer bij zijn echte vader ingetrokken. Of misschien ligt hij wel ergens in de goot. Wie zal het zeggen?'

Julien lijkt onder de indruk van mijn verhaal. Zwijgend staart hij voor zich uit.

'Begrijp je mijn vader nu beter? Natuurlijk overdrijft hij en wil hij me altijd en overal voor beschermen. Ik ben vijftien, ik vind dat ik stilaan mijn eigen weg moet kunnen gaan. Maar dan zonder hem te kwetsen.'

Julien knikt.

'*Il faut qu'on sorte d'ici*,' herhaalt hij een paar keer indringend.

Het klinkt als een bezwering van een Afrikaanse medicijnman.

Ik grijp Juliens hand die nog altijd op mijn dij rust. Streel ze. Ik wil ook weg uit deze nachtmerrie. Met zijn tweeën lukt het wel.

We nemen ons voor om wakker te blijven. Wie slaapt, is weerloos. Als onze ontvoerders straks onze kamer binnenkomen, willen we ons kunnen verdedigen.

Het wordt twee uur. Drie. Half vier. Niemand komt onze cel binnen. Erbuiten horen we evenmin teken van leven. Als we de lamp in onze cel uitdoen, zien we ook geen licht onder de deurspleet. Onze ontvoerders zullen waarschijnlijk slapen. Logisch, het is nacht. En wij? De vermoeidheid weegt steeds zwaarder door. We hebben het moeilijk om alert te blijven. Het wordt ook verschrikkelijk koud in onze cel, zo koud dat we ervan bibberen en klappertanden. *Energylevel low. Very low*. Heeft dit nog zin? Moeten we onze tactiek niet aanpassen? Onze ontvoerders komen waarschijnlijk pas als het ochtend wordt bij ons langs. Als ze al komen. Misschien kiezen ze ervoor om ons langzaam van honger en dorst te laten omkomen. Onze cel als vergeetput, zoiets.

'*On ferait mieux de se reposer un peu*. Laten we een beetje op bed gaan liggen. Eén oog open, één oog dicht.'

Julien zegt precies wat ik denk. Ik knik. Hij knipt het licht al uit. Het wordt ineens pikdonker. Ik hou mijn armen en handen als twee enorme voelsprieten voor me uit en schuifel naar het bed. Julien klimt langs het kletterende trapje naar het bovenste stapelbed. Gooit zich op zijn bed. Het kraakt en piept tot hij stil ligt. Op de tast zoek ik mijn deken en laken. Ik trek ze opzij en rol in het onderste bed, met kleren en al. Geen sprake van dat ik iets uittrek.

Wat ben ik blij dat Julien bij me is. Ik voel me... veiliger. Ik weet niet hoe sterk onze ontvoerders zijn, met hoeveel ze zijn, maar wij zijn alvast met z'n tweeën. Samen sterk. We moeten hier uit geraken!

Langzaam wordt het warmer onder mijn deken. Lekker warm. Langzaam glijd ik weg. Ik zal krachten opdoen. Een hazentukje zal me erdoor helpen. Ik word zo weer wakker. Sterk en snel. Sterker en sneller dan die schurken...

Mijn vader staat bij mijn bed. Om zijn mondhoeken speelt een grijns die ik niet van hem ken. 'Zozo, Margot, jij wou dus weg. Zie je wat ervan komt? Nooit komen jij en jouw Julien nog levend uit deze kerker!' Grijnzend haalt mijn vader een reuzensleutel van zo'n anderhalve meter van achter zijn rug te voorschijn. Even denk ik dat hij een grapje met me uithaalt, of een spelletje wil spelen. 'Deze sleutel draai ik in het slot en daarna gooi ik hem in het kanaal. Dat zal je leren. Wie niet horen wil, moet voelen!' Terwijl mijn vader weer van me wegwandelt, galmt zijn satanische lach door de cel. Hij wil me voor eeuwig en altijd opsluiten! dringt het tot me door. Ik moet iets doen! Ik wil opstaan, mijn vader achterna lopen, de sleutel uit zijn handen rukken, maar iets of iemand houdt me tegen. Ik stampvoet en sla als een wilde in het rond. Mijn gegil snijdt door merg en been. Het vermengt zich met het gekletter van de reuzensleutel in het slot.

Licht. Het is ineens overal licht. Iemand trekt me aan armen en benen mijn bed uit. Het is niet mijn vader, maar een onbekende. Een man met een zwarte bivakmuts.

'*You're a slut! A whore!*' schreeuwt hij.

De man grijpt me bij mijn haar en sleurt me achter zich aan de kamer rond. Ik kerm van de pijn. Haast tezelfdertijd valt een schaduw van boven op de vloer. Julien. Een tweede kerel met een bivakmuts heeft hem uit het stapelbed getrokken. De man bij Julien is nog groter en struiser dan mijn belager. Voor Julien iets kan ondernemen, vliegt de reus boven op hem en klemt zijn armen en benen vast tegen de grond.

'*Dirty nigger! You're just a dirty nigger!*'

Haat sist in elk woord, in elke lettergreep. De reus haalt uit met zijn rechtervuist en raakt Julien vol in het gezicht. Ik krijs. Grijp de arm van mijn belager, krab en bijt erin. Krijg ook een klap in mijn gezicht. Een explosie van pijn in mijn hoofd.

'*Please, don't harm her,*' smeekt Julien.

'*Shut up! We should kill you both!*' brult de reus.

Ik huil. Van schrik. Van pijn. Van onmacht.

Mijn belager grijnst.

'*We are the Front Against Niggers,*' spuwt de reus. '*We hate niggers. Niggers don't belong here. They steal our jobs and our wives. We want them to leave or die!*'

Alsof die laatste zin hem op ideeën brengt, grijpt hij Julien bij de kraag, tilt hem van de grond als een pluimgewicht en gooit hem met volle geweld tegen de muur. Het stapelbed trilt van de slag, verfschilfers brokkelen van de muur.

'*We want two hundred thousand euro for you and your little girlfriend. Her father just told us that he would pay. He absolutely wants to see his daughter alive. But what if we kill you anyway?*'

Mijn vader! Ze hebben hem toch al op de hoogte gebracht! Hoe kan dat? Ze moeten zijn nummer in mijn mobieltje gevonden hebben. Dit overleeft hij niet!

'Smeerlappen, vuile smeerlappen! Af! Weg!'

Ik trek en sleur als een gek om uit de greep van mijn belager te ontsnappen, maar hij lost me niet. Vertwijfeld kijk ik naar Julien. De reus houdt hem nog altijd met zijn volle gewicht tegen de muur geklemd en knijpt met beide handen zijn keel dicht. Met opengesperde mond hapt Julien naar adem. Eerst gaat alleen zijn borstkas wild op en neer,

algauw schokt en beeft heel zijn lijf, zijn armen en benen.
'*Enough! Stop this now!*'
Een dreigende, zware stem in de deuropening. Hun leider? Ik kan hem niet zien, hij staat achter me.
De reus gooit Julien tegen de grond en druipt grommend af. Dat is het sein voor mijn belager om zijn greep op mij te lossen. De zware celdeur valt dicht. Voetstappen verwijderen zich. Hoongelach. Daarna hoor ik niets meer.
'Julien! Julien!'
Ik kruip op handen en voeten naar hem toe. Hij snakt niet langer naar adem. Hij ligt roerloos. Is hij...? Zijn voorhoofd is kleddernat.
'*Ils sont partis*, Julien. Ik ben het, Margot.'
Ik maak het bovenste knoopje van zijn hemd los. Julien opent haast meteen zijn ogen. De verschrikking staat er nog in te lezen.
'Sst... sst... rustig nou. Ik ben bij je.'
Voorzichtig neem ik Julien in mijn armen. Ik fluister hem zachte woorden toe. Druk zijn hoofd tegen mijn borst. Zoen zijn voorhoofd en zijn gezwollen wang. Het helpt.

8

'*Inyenzi*. Zo voel ik me weer. Honderd procent *inyenzi*.'
Ik snap niet wat Julien bedoelt. Is het Afrikaans?
Julien kijkt me aan met een blik waar ik bang van word.
'*Inyenzi* betekent kakkerlak,' antwoordt hij.
Ik ril. Van Juliens blik. Van zijn antwoord. Waarom vergelijkt hij zichzelf met een kakkerlak?
'Zo noemden de Hutu's de Tutsi's,' zegt Julien. Hij wendt zijn blik van me af en staart naar een dood punt ergens op de muur.
Ik zwijg. Wacht af.
'*Je suis un Tutsi né au Rwanda*,' legt Julien uit. 'Ik ben dus een kakkerlak in de ogen van de meeste Hutu's. Na het vertrek van de Belgische kolonisten wilden zij zich wreken voor de onderdrukking en de collaboratie van de Tutsi's met de Belgen... Ik was te klein om het te weten, maar naar het schijnt voelde je de haat toen met de dag toenemen.'
Zijn stem trilt.
'*En cachette les Hutus se sont armés jusqu'aux dents*. Kalasjnikovs, granaten, geweren en machetes. En het regeringsleger heeft milities opgeleid, de *Interahamwe*. Dat betekent "zij die samen toeslaan". En dat hebben ze gedaan...'

Julien zit niet langer in deze kamer. Zijn ogen kijken naar het verleden. Donkere ogen vol... Wat is het? Angst?

'*On a abattu l'avion du Président.* Dat was het sein voor het leger en de Interahamwe om hun raid te beginnen. Huizen werden geplunderd. Mannen, vrouwen en kinderen werden... afgemaakt. Ze wilden alle Tutsi's uitroeien.'

'Ik... ik weet hier niets van,' stamel ik.

'*Ici, en Europe, ça n'a empêché personne de dormir.* Hier in het Westen hebben ze integendeel hard hun best gedaan om alles zo snel mogelijk te vergeten. Uit schaamte. De VN-troepen hebben namelijk niets, maar dan ook niets gedaan om de massamoorden te voorkomen of tegen te houden. Ze stonden erbij en keken ernaar.'

'Ik vind het zo erg, Julien. Wat kan ik anders zeggen?'

'De gevolgen waren verschrikkelijk,' vervolgt Julien met een snik. 'In honderd dagen zijn er meer dan achthonderdduizend doden gevallen. Eén zevende van de Rwandese bevolking. Kun je je dat voorstellen? Alsof hier een hele provincie zomaar van de kaart geveegd wordt.'

'Hoe zijn je ouders erin geslaagd om met jou het land uit te vluchten?' vraag ik.

Julien schiet vol. Dikke tranen rollen over zijn wangen. Dikke tranen. Hij bijt op zijn onderlip. Heb ik iets verkeerds gezegd?

'*Ils n'y sont pas arrivés.* Daar zijn ze niet in geslaagd,' zegt hij stil. 'Mijn vader en mijn moeder werden... vermoord.

Mijn drie zussen ook. En mijn vier broers. Niemand heeft het overleefd behalve ik. Ik heb het geluk gehad dat iemand, mijn moeder waarschijnlijk, me in de struiken achter ons huis heeft verstopt. Een verpleegster van het Rode Kruis heeft me daar gevonden. Ze heeft me daarna via de grens met Tanzania het land uitgesmokkeld.'

'Maar... daarnet zei je toch dat we naar je ouders gingen?'

'*Proatis et Espérance Camala sont mon oncle et ma tante.* Ze woonden hier al jaren. Ze hebben me geadopteerd.'

Mijn persoonlijk drama vervalt bijna in het niet. Julien verloor negen familieleden. Vader, moeder en zeven broers en zussen... Hoe overleef je dat? Hoe blijf je overeind?

'*Mon oncle et ma tante me l'ont raconté quand j'ai eu douze ans.* Dat was voor mij een enorme schok. Weg onschuld. Weg goedheid van de mensen. Ik heb alle krantenartikels over de Rwandese volkerenmoord verslonden, alle documentaires en alle films bekeken. Ik moest er alles over weten.'

Dat begrijp ik. Toen ik ongeveer even oud was als Julien heb ik alle krantenknipsels uit mijn vaders verzameling gelezen en herlezen. Over de moord en over het proces. Dagelijks heb ik voor en na schooltijd de plek waar mijn moeder werd vermoord, bezocht. Vaak heb ik er, in tranen, een bos bloemen neergelegd.

'*Tu connais le plus grave*? Weet je wat het ergste is?' vraagt Julien terwijl hij zijn tranen afveegt met zijn mouw.

Ik schud het hoofd.

'*Cette haine aveugle*, die blinde haat van toen, die heb ik vandaag weer gezien. In de ogen van die ontvoerder.'

Julien heeft het bij het rechte eind. Ik heb die haat ook gezien. Ik zoek naar woorden om te troosten.

'*Et moi qui croyais vivre dans un pays civilisé et paisible...* Maar voor die man van daarnet ben ik *inyenzi*. Kakkerlak. Niet meer dan dat. En jij ook, Margot. Jij bent ook *inyenzi*. Net als de Hutu's die in Rwanda met Tutsi's durfden om te gaan of hen durfden te helpen. Die waren evengoed ongedierte.'

Dat klopt. Onze ontvoerders nemen me kwalijk dat ik op een zwarte verliefd ben geworden. Daarom hebben ze ons ontvoerd.

'*Au Rwanda la plupart des gens ne savaient pas lire ni écrire*. Ze waren makkelijk te beïnvloeden. De radio zond haatzaaiende berichten uit. Zo werden vele mensen misleid en in het bloedbad meegesleurd. Maar hier... Je kunt moeilijk beweren dat de mensen hier niet goed geïnformeerd zijn. Racist zijn is hier een persoonlijke keuze.'

'*J'ai honte*. Ik schaam me...' fluister ik.

'*Il ne faut pas*. Dat is nergens voor nodig. Jij bent niet verantwoordelijk voor blanken die zwarten haten.'

Het is lief van hem en hij heeft misschien gelijk, maar toch blijf ik me een beetje medeschuldig voelen. Iemand die uit een oorlogsgebied naar een 'beschaafd' land komt, moet er vrede en rust vinden, geen haat.

'*Tu sais, cet échange*, die uitwisseling, daar was ik echt voor,' zegt Julien hoofdschuddend. 'Ik vind alles wat mensen samenbrengt en verzoent oké. Vlamingen en Walen, dat klikt toch ook niet zo goed. De uitwisseling kan daar verandering in brengen. En dan gebeurt dit...'

'Dit ligt niet aan de uitwisseling,' reageer ik.

Julien lijkt niet helemaal overtuigd.

'*Qui sait*, misschien zijn het wel extremistische Vlamingen of Walen die ons...'

'Kom nou! Dat geloof je toch zelf niet,' onderbreek ik verongelijkt. 'Volgens mij zijn die kerels niet eens van hier.'

Het is eruit voor ik het besef. Het gebroken Engels van onze ontvoerders lijkt heel erg op het brabbeltaaltje van de Poolse zwartwerkers die ooit bij mijn pa werkten. Maar ik schaam me meteen voor mijn uitspraak.

Julien denkt er net zo over.

'*Finalement, ça n'a pas d'importance*. Het is van geen belang wie ze zijn of welke nationaliteit ze hebben,' knikt hij. 'Als we dat denken, zijn we even erg als onze ontvoerders zelf.'

We zwijgen en likken onze wonden. Laten langzaam bezinken wat er is gebeurd. We moeten beter en sterker zijn dan die kerels die ons ontvoerd hebben. Alleen zo raken we uit deze hel.

9

Half negen. Mijn hoofd voelt loodzwaar aan en mijn armen en benen zijn zo slap als een vaatdoek. Zou ik niet beter even op bed gaan liggen? Ik duw de gedachte meteen weer weg. *No way*, het is te gevaarlijk. Maar Julien misschien wel? Hij heeft tenslotte de meeste slagen moeten incasseren. Julien leest mijn vraag in mijn ogen, maar maakt een afwerend gebaar. Best maar eigenlijk. We kunnen ons geen tweede keer laten verrassen. Die kerels hebben ons daarnet willen intimideren. Wie weet wat ze nog met ons van plan zijn. We moeten op hun komst voorbereid zijn. Julien raadt mijn gedachten.

'*Que faire*? Waarmee kunnen we ons verdedigen?' vraagt hij zich luidop af.

We kijken rond in onze kleine cel.

'De emmer!' zeg ik. 'We slingeren 'm naar het hoofd van de eerste die hier binnenvalt.'

'*Et le deuxième? Le troisième*? Zo'n plastic emmertje stelt niet veel voor.'

'Veel keuze hebben we anders niet,' werp ik tegen.

'*Si, si*! Toch wel!' zegt Julien met overtuiging.

Ik kijk hem ongelovig aan. In heel onze cel is er geen wapen te vinden. Gedecideerd stapt Julien naar onze bedden en gaat op de rand van mijn bed staan. Met beide handen trekt en wrikt hij aan het voeteneinde van het bovenste bed. Het schuift langzaam maar zeker omhoog. Blijkbaar bestaan onze celbedden uit drie losse delen: een metalen onderstel, een voeteneinde en een hoofdeinde. In geen tijd klaart Julien de klus. Triomfantelijk komt hij bij mij terug en geeft me een van de beduiteinden. Het metalen ding is behoorlijk zwaar. Onderaan zitten er twee scherpe pinnen. We zijn gewapend!

Voorlopig zit er niets anders op dan te wachten. Buiten onze cel is er niets te horen. Geen gelach. Geen gebabbel. Geen voetstappen. Evenmin geronk of getoeter van auto's. Geen teken van leven. Niets. Misschien zitten we wel mijlenver van de bewoonde wereld. Dat zou betekenen dat we bij een eventuele ontsnapping een heel eind moeten lopen voor we een levende ziel ontmoeten. Hoewel. Op het platteland moet er vogelgezang te horen zijn. Een hond die blaft. Een loeiende koe. Wind die door het gebladerte ruist. Dat is hier niet het geval. Misschien hebben die schurken ons gewoon opgesloten in de kelder van een anoniem rijhuis ergens aan de rand van de stad. Misschien zitten we in een cel zoals Dutroux er een had gebouwd voor de meisjes die hij ontvoerde. Of zoals Priklopil er een had voor Natascha Kampusch. Een supergeïsoleerd en superbeveiligd hok. Natascha is ontsnapt. Daaraan moet ik me optrekken. Ik sta er trouwens niet alleen voor. Ik heb Julien.

De vermoeidheid is één zaak. De snel opkomende honger en dorst een andere. Sinds gisteravond hebben we niets meer gegeten of gedronken. Stel je voor dat die schurken ons niets brengen. Dat ze ons voor eeuwig en altijd laten zitten. Dat ze ons uitmergelen of uitdrogen. Wat dan? Verbodsteken, Margot! Gedachten die je niet vooruit helpen, moet je bannen. Ik mag niet doemdenken. Ik moet in onze redding geloven. Waarom zou het niet kunnen? Er zijn vast al een massa mensen met onze zaak bezig. Zo gaat dat toch, wanneer een verdwijning of een ontvoering wordt gemeld? De eerste vierentwintig uren zijn cruciaal. Speurders vliegen er meteen in. Eerst ondervragen ze familie en vrienden. Daarna de mensen uit de straat en de buurt. Elke tip, hoe klein ook, kan voor opheldering zorgen. Misschien kammen ze op dit ogenblik al ieder stukje van de stad uit, op zoek naar sporen. Ons signalement is vast al overal verspreid, dat gaat razendsnel tegenwoordig. Wie weet, misschien hebben ze ons al gevonden. Misschien hebben de politiediensten de plek waar Julien en ik worden vastgehouden, al omsingeld. Onze ontvoerders hebben mijn vader al gebeld om losgeld te vragen. Dat is een goeie zaak. Met de moderne technologie kunnen

speurders tegenwoordig zowat elke telefoon of mobieltje in een mum van tijd traceren.
Het is dus best mogelijk dat niet onze ontvoerders, maar onze bevrijders straks de deur van onze cel openzwaaien. We moeten opletten dat we hen als verwelkoming niet de kop inslaan.

Het is nog maar half tien. Het lijkt later. Veel later. Dankzij mijn polshorloge kennen we het juiste uur. Julien heeft geen horloge om. Hij verdraagt er geen, zegt hij.
Wat hij blijkbaar evenmin verdraagt, is stilte. Hij begint een lied te zingen. In een Afrikaanse taal. Het klinkt wondermooi.
'Wat is dit voor een lied?' vraag ik nieuwsgierig.
'*C'est une chanson Tutsi,*' antwoordt Julien. 'De boodschap luidt: wees sterk, heb moed.'
Het is een opvallend eenvoudig lied, met vele herhalingen. En aanstekelijk bovendien. Ik krijg zin om mee te zingen.
'Leer het me.'
In geen tijd zingen Julien en ik samen. We sluiten onze ogen. Een vreemde rust daalt over mij neer. Ik voel me licht. Dartel. Ik zweef door de lucht. Tussen de sterren. Hoger en verder nog dan toen we dansten.

10

We horen zware voetstappen. Van laarzen of zo. Ze komen dichterbij. Eén, twee. Eén, twee. Mooi in de maat. Als een soldaat. Julien en ik breken ons lied af en houden de adem in. Eén, twee. Eén, twee. Stop. Ze staan stil. Voor onze celdeur. Ons hart staat stil. Gerammel van een sleutelbos. Een sleutel draait kletterend in het metalen slot.
'Het is nu of nooit, Margot,' fluistert Julien.
Hij heft zijn ijzeren wapen hoog over zijn rechterschouder. Zijn armspieren spannen zich op. Een verbeten trek om zijn mond. Julien is klaar voor de confrontatie.
Zelf blijf ik aan de grond genageld. De deur zwaait open. Het is de grootste van onze drie ontvoerders, de reus, die onze cel binnenkomt, opnieuw met bivakmuts over zijn hoofd. Hij houdt een dienblad in zijn handen.
Julien aarzelt niet. Hij haalt zwaar uit. Raakt de man vol op zijn achterhoofd. Bloed spat op. Het dienblad valt kletterend op de grond. De kerel valt pal voorover. Blijft roerloos liggen. Ik staar naar het bloed dat uit zijn gapende hoofdwonde sijpelt. Is hij... dood? Zijn wij moordenaars?
'Lopen! Nu!'
Juliens schreeuw haalt me uit mijn verdoving. Ik schiet on-

ze cel uit. We komen in een smalle, lange gang. Ik loop zo snel ik kan. Aan het einde van de gang is een deur. Ik duw ze open. Licht. Daglicht. Een zee van daglicht. Ik knipper met de ogen.

Een kleine, donkere silhouet doemt dreigend voor me op. De ontvoerder die vanmorgen als laatste in de deuropening verscheen. Met de ene hand pulkt hij aan zijn zwarte bivakmuts. In de andere hand blinkt een pistool.

'*Stop! Stay there or I'll shoot you!*' schreeuwt hij met overslaande stem.

We hebben geen keus.

'*Put your hands in the air! Now!*' Zijn handen beven. Zijn vinger kromt zich om de trekker.

Ik maak een afwerend gebaar.

'*Don't shoot! Please, don't shoot!*'

Langzaam buig ik me voorover. Ik leg mijn wapen voorzichtig op de grond, als was het van glas of porselein. Daarna kom ik opnieuw traag overeind. In slow motion steek ik mijn handen in de lucht. Even loer ik over mijn schouder naar Julien. Hij lijkt te aarzelen. Verknal het niet, Julien! Die kerel meent het! denk ik verschrikt. Zijn het mijn wijd opengesperde angstogen die hem overtuigen? Julien legt op zijn beurt zijn wapen neer. Dat is verstandig van hem. Alleen... aan de punt kleeft bloed. Veel bloed. De man met het pistool trekt grote ogen van ontzetting. Het dringt vast tot hem door dat we zijn

kompaan lelijk hebben toegetakeld. Is dat voldoende om ons af te maken? Is dit het einde?
Ik durf niet meer naar het pistool te kijken. De kerel kijkt afwisselend naar Julien en mij. Vraagt hij zich af wie hij het eerst zal neerknallen, de neger of zijn slet? Zo ziet het er inderdaad naar uit. Ik probeer de blik van onze ontvoerder te vangen. Iemand die het aandurft om je recht in de ogen te kijken, schiet je toch niet zomaar dood? Ter dood veroordeelden worden voor hun terechtstelling altijd geblinddoekt om de taak van de beul te vergemakkelijken. Maar Julien en ik zijn niet geblinddoekt. Heb medelijden, meneer. Onze ontvoerder is zelf half geblinddoekt. Zijn ogen passen niet goed in de gaten van de muts. Waarschijnlijk heeft hij de muts in allerijl moeten aantrekken, toen er kabaal uit onze cel kwam. Ook zijn mond past niet helemaal in het onderste gat.
Onze blikken raken elkaar. Even. De man lijkt te schrikken. Hij deinst achteruit alsof hij een elektrische schok kreeg. Maar hij haalt de trekker niet over.
'*Go! Go away! Now!*' schreeuwt hij opgewonden. Met de punt van zijn revolver wijst hij een paar keer naar de deur. Kan dit waar zijn? Krijgen wij onze vrijheid zomaar op een gouden presenteerblaadje aangeboden? Na al wat er gebeurd is, laat die schurk ons er toch niet zomaar vandoor gaan, zonder slag of stoot? Dit moet een valstrik zijn. De kerel die ons bedreigt, heeft niet het lef om ons *face to face*

af te maken. Hij wil ons in de rug schieten.

Maar hebben we een andere keuze? Voorzichtig, met mijn armen nog half in de lucht, loop ik naar de deur. Julien volgt me als een schoothondje. We keren allebei onze rug naar onze gewapende tegenstander toe. Als die wil, kan hij ons nu probleemloos afmaken. Onwillekeurig trek ik mijn schouders wat op.

Bij de deur laat ik mijn armen zakken. Mijn rechterhand grijpt de deurkruk. Draait de kruk om. De scharnieren schuren. De deur komt op een kier te staan. De kier naar de vrijheid. Nog altijd heeft de man achter ons geen schot gelost. De kier wordt een halve deuropening. Voor ons ligt een soort binnenkoer met kasseistenen. Als we daar staan, zijn we dan gered? Of belanden we in de armen van de derde man?

Ik hou het niet meer. Ik wankel naar buiten. Julien volgt. Schichtig kijk ik om me heen. Nergens een derde man te bespeuren. We staan op de binnenkoer van een L-vormige boerderij. In het midden staat een witte bestelwagen geparkeerd. Hiermee hebben ze ons vast ontvoerd gisternacht. Schoorvoetend lopen Julien en ik de bestelwagen voorbij. Tot bij het hek. Zijn we nu buiten het vizier van onze belager? Ik denk het wel. Of is hij ons achternagekomen? Staat hij in de deuropening? Mikt hij op ons? Achteromkijken durf ik niet.

We zijn bij het hek. Het staat open. Voorbij het hek ligt een landweg. Hij slingert zich in een paar bochten omhoog naar een grotere weg. De vrijheid lonkt. Rennen? Is dit niet net het moment waarop onze belager wacht om te schieten? Ik weet niet wat ik moet doen. Mijn hart bonst in mijn keel. Ik loer over mijn schouder.

'Nu!' roept Julien.

Mijn benen en voeten gehoorzamen. Ze rennen. Mijn romp, mijn armen, mijn hoofd rennen mee. Julien komt naast me lopen. Hij moedigt me aan.

'*Plus vite*, Margot, sneller! We moeten buiten schot zijn voor die kerel zich bedenkt!'

Ik ben geen loopwonder. Nooit geweest. Op school had ik een broertje dood aan lopen. Tot grote ergernis van mijn gymlerares. 'Je kunt het, maar je wilt het niet,' zei ze altijd. Nu wil ik. Ik kan het. Ik ren voor mijn leven. Voor ons leven.

Julien denkt er net zo over. Hij schreeuwt me vooruit.

'*Allez-y, Margot, tiens bon!*'

Niet vertragen. Alles geven. Mijn, ons leven mag niet stoppen.

De landweg stijgt lichtjes, dat maakt het extra lastig. Het einde van de landweg, daar moet ik naar kijken, daar moet ik geraken. Er komen vast auto's voorbij. We houden er dadelijk eentje aan en dan zijn we gered.

Julien blijft naast me lopen. Ik besef dat hij veel sneller kan.

‘Ga... Ga maar!’ hijg ik. ‘Ik kom je wel... achter... achterna.’

‘*Ah non! Pas maintenant*! Kom, we zijn er bijna!’

Ik hijg als een gek. Mijn longen kraken. Mijn spieren scheuren. Ik moet mijn verstand op nul zetten. Elke sporter, elke loper kent dat. Door de grens gaan, je limieten doorbreken.

Julien kijkt even achterom.

‘*Plus personne*. We halen het, Margot!’

Dat had hij beter niet gezegd. Op de hobbelige landweg trap ik met mijn voet in een put. Ik zwaai en graai tevergeefs met mijn armen. Ik struikel en val languit op de grond. Mijn knie stoot tegen een steen. Moeizaam krabbel ik overeind. Een straaltje bloed sijpelt uit een wonde in mijn knie.

‘*Relève-toi*, het is niet zo erg!’ roept Julien.

Ik ren weer. Bal mijn handen tot vuisten. Zo makkelijk krijgen ze mij er niet onder. Ik moet en zal mijn vel redden. Ik wil het, ik kan het. Daar is het einde van de landweg al. We komen uit op een smalle, geasfalteerde weg.

‘*Ah! Je connais ça*! We zijn maar op een paar kilometer van Marche. Naar links. Volhouden, Margot!’

Dit loopt makkelijker dan de landweg. Vlakker, breder. Aan de horizon verschijnt al een auto. Een zwarte of donkergrijze break. Hij komt met hoge snelheid onze kant op.

'*On est sauvés!* We zijn gered!' triomfeert Julien.
Van pure vreugde gaat hij nog sneller lopen. Ik moet al mijn krachten aanspreken om hem bij te houden. Nog even en we zijn *sauvés*... Gered? Ho maar, wat als de chauffeur de derde man is? Dat kan. Misschien was hij gewoon even weggereden om inkopen te doen. Of om over het losgeld te onderhandelen. Wat doen we?
'Ju... Julien, stop!'
Is het uit angst voor de derde man? Komt het door de inspanningen van het rennen? Door de pijn aan mijn knie? Ik kan niet meer. Geen greintje kracht meer, geen lucht meer. Ik moet stoppen. Stilstaan. Midden op de weg. Voorover buigen en nahijgen. Julien stopt ook. Hij legt zijn arm over mijn schouder.
'*Ça va?* Gaat het?' vraagt hij bezorgd.
Ik knik.
'*C'est presque fini*... We zijn gered!' herhaalt hij.
De derde man! flitst het door mijn hoofd. We moeten van de weg af voor het te laat is. Ik wil het uitroepen, maar ik kan niet. Ik heb geen adem meer voor woorden. Trouwens, kunnen we wel vluchten? Aan beide kanten van de weg liggen weiden. Voorbij de weiden, aan de horizon links en rechts liggen bossen, maar voor we daar zijn, heeft de derde man ons allang neergeknald.
'*Je vais l'arrêter*! Ik houd hem tegen!'
Julien loopt heftig gebarend naar de auto toe, die al erg ge-

naderd is. Ik sla het tafereel met bang kloppend hart gade. Maar Julien is zich van geen kwaad bewust. Hij springt en danst en lijkt door het dolle heen. Wie is de bestuurder? Door de getinte ruiten valt dat moeilijk uit te maken.
De auto komt langzaam tot stilstand. Julien loopt naar het zijportier. Hij roept iets over *un enlèvement*, een ontvoering. Daarop wenkt hij me. Is hij zeker dat er geen gevaar dreigt? Ik loop naar de auto toe.
De chauffeur is een vrouw. Blond, hoog opgestoken haar. Ze is er wel niet honderd procent gerust op. Ze duwt haar raampje maar op een smalle kier open.
'*Aidez-nous, madame!* Ze zullen ons vermoorden!'
'*Qui ça?*'
Twijfel op haar gezicht. Ongeloof. Je ziet haar hardop denken: is dit waar? Zijn die twee jongelui wel te vertrouwen?
'*Trois hommes...* Ze zijn gewapend... We zijn ontsnapt.'
Het klinkt onsamenhangend. Ongeloofwaardig. De vrouw kijkt beurtelings Julien en mij onderzoekend aan. Staart daarna peinzend voor zich uit. Als ze nu wegscheurt, zijn we reddeloos verloren, flitst het door mijn hoofd. In een dwaze reflex grijp ik de klink vast. '*Montez!*' hoor ik de vrouw zeggen. Ze ontgrendelt haar portieren.
Julien en ik laten het ons geen twee keer zeggen. We trekken het achterportier open, duiken de auto in. Met gierende banden scheuren we weg.
De vrouw toetst meteen het nummer van de politie in op

haar mobieltje op het dashboard.

'*Vous vous appelez comment*? Hoe heten jullie?' vraagt de vrouw terwijl ze in de achteruitkijkspiegel kijkt.

'*Julien Camala et Margot Neyrinck*,' antwoordt Julien.

'*Moi, c'est Hélène Pierard*. Waar zijn jullie ontvoerders nu?'

Julien vertelt over de landweg. Over de boerderij waar we opgesloten zaten. Over de witte bestelwagen. Hij kent zelfs de nummerplaat. Wat een koelbloedigheid. Ik heb er niet eens op gelet.

'*Allô? Je peux vous aider*?' zegt een zware, maar vriendelijke mannenstem aan de andere kant.

'*J'ai ici deux jeunes. Ils s'appellent...*'

Mevrouw Pierard doet het hele verhaal. Ik loer ondertussen door de achterruit. Geen witte bestelwagen te zien. Geen achtervolgers. Ik zou me verlost, bevrijd moeten voelen. Niets daarvan. Alle ingehouden, onderdrukte angst maakt zich nu van me meester. Mijn tanden klapperen, mijn armen en benen beven, mijn hele lijf siddert en schokt. Ik schaam me ervoor, maar ik kan het niet tegenhouden. Julien legt zijn armen om me heen.

'We zijn gered,' fluistert hij me troostend toe.

'*N'ayez pas peur*,' zegt mevrouw Pierard die blijkbaar ook heeft gezien hoe ik eraan toe ben. 'Nog een kilometer en we zijn bij het politiekantoor.'

Een kilometer. Duizend meter. Dat is niet ver. Hoe lang doe je daarover met de auto? Een minuut? Hooguit een minuut. We rijden snel. Heel snel. Het zal zo voorbij zijn. Mevrouw Pierard en de stem aan de andere kant ratelen maar door. Ik begrijp er niet veel van. Ik kijk Julien even aan, geef hem een zoen. Het vervelende schokken vermindert al een beetje.

'*La police était au courant...* De politie was op de hoogte van jullie ontvoering,' zegt mevrouw Pierard nadat ze haar gesprek beëindigd heeft. 'Blijkbaar is er een nationaal opsporingsbericht verstuurd naar alle politiediensten en naar radio en tv. Sorry, ik wist er nog niets van.'

We komen op een iets bredere weg. Een betonweg. Hij leidt recht naar het centrum van het dorp. In de verte zie ik een schooltje. Een kerk. Rechts een gebouw met vlaggenmasten en vlaggen ervoor. Dat moet het politiekantoor zijn. Zijn we gered? Ik kan het nauwelijks geloven. Een kat laat de muis die ze gevangen heeft toch ook niet zomaar lopen? Heel eventjes misschien wel, om te spelen, maar op het laatst pakt ze hem altijd terug in haar scherpe klauwen.

Ik zie geen kat. Geen klauwen. Wel agenten. Ze duiken ineens uit het niets op. Een politiewagen rijdt voor ons. Een achter ons. Er staat een blauw zwaailicht op het dak van hun wagen. Hun sirenes loeien. We krijgen een privé-escorte. De politie, uw vriend. Ik heb mezelf stilaan weer onder controle. Ik voel me alleen nog moe. Heel erg moe.

We parkeren voor het politiekantoor en springen uit de auto. Samen met de agenten van de escortewagens rennen

we naar de ingang. De glazen voordeur schuift automatisch open. Binnen! We zijn binnen. Een jonge agente bij het onthaal wijst ons een openstaande deur aan. Een grote, forse agent verschijnt in de deuropening. Waarschijnlijk de commissaris, aan de strepen en sterren op zijn schouderstukjes te zien. We drukken elkaar de hand.
'*Julien, Margot, madame, vous êtes sains et saufs maintenant*. Jullie zijn veilig nu. Kom maar mee,' zegt de man met een brede glimlach.
De escorteagenten blijven achter in de hal, maar wij gaan het kantoor van de commissaris binnen, samen met de agente van het onthaal. Het is een vrij groot kantoor. Langs de muren staan kasten vol grijze ordners en zware laden. We gaan zitten voor een klein grijsmetalen bureau waarop een telefoon, een aftandse computer en een printer staan.
'*Une équipe d'intervention spéciale*... een speciaal interventieteam is al onderweg. Veel kans dat ze de ontvoerders bij de lurven zullen vatten,' zegt de commissaris niet zonder enige fierheid in zijn ogen.
Ik hoop uit de grond van mijn hart dat het lukt. Ik zou het moeilijk hebben met het idee dat onze ontvoerders, na al wat ze ons hebben aangedaan, op vrije voeten blijven.
'*Tout va bien*? Moet ik een dokter oproepen?' vraagt de commissaris nog steeds bijzonder vriendelijk.
We schudden het hoofd.

‘*Nos parents peut-être*? Misschien onze ouders, meneer?’ stelt Julien voor.

‘Is al gebeurd. Ze zijn waarschijnlijk al onderweg naar hier,’ antwoordt de commissaris.

Ik krijg het warm vanbinnen. Ze hebben mijn vader verwittigd! Hij is op komst. Nog enkele ogenblikken en we zijn weer samen. Papa moet door een hel zijn gegaan. Ik ben ook een beetje bang. Ik zal hem moeten toegeven dat ik, tegen onze afspraken in, van plan was om bij Julien te logeren. Hoe zal mijn vader met die leugen omgaan?

‘Goed. Dan zal ik nu van jullie *une déposition*, een verklaring afnemen. Individueel.’

Ik schrik even. We zijn pas vrij. Waarom moeten we gescheiden worden?

‘*Excusez-nous*, maar een individuele bevraging is noodzakelijk om te zien of alles klopt,’ legt de commissaris behoedzaam uit.

Ik sta op en volg de agente naar een zijkantoortje, samen met mevrouw Pierard. We krijgen wat vruchtensap en een Luikse wafel. Het doet me goed, na een half etmaal verplicht vasten. Ik krijg ook de gelegenheid om eindelijk onze chauffeur en redster te bedanken. Zonder haar waren we misschien nog altijd op de loop. Of, wie weet, alweer in handen van onze ontvoerders. Mevrouw Pierard neemt mijn dank met een lichte gêne in ontvangst. We praten wat, over koetjes en kalfjes.

Sneller dan verwacht komt Julien me met een brede glimlach aflossen. Ik ga op mijn beurt bij de commissaris. Ik moet alles vertellen, vanaf de ontvoering tot nu. Op het einde zet ik een handtekening onderaan het blad dat uit de printer schuift.
Ik mag weer bij Julien. Ik nestel me in zijn armen en sluit mijn ogen.

11

'Margot, Julien!'

We schrikken allebei wakker. De commissaris staat in de deuropening tussen het zijkantoor en zijn bureau. Hij wenkt ons.

'*De la visite pour vous*! Bezoek!'

Julien en ik veren recht. Dat zullen onze ouders zijn! Met een krop in de keel lopen we naar de commissaris toe. Hij doet een stap opzij om ons te laten voorgaan.

'*Julien... mon chéri!*'

Juliens adoptieouders. Ze vliegen Julien om de hals, bedelven hem onder de kussen en de knuffels. Zijn neefjes en nichtjes, of beter gezegd zijn nieuwe broertjes en zusjes, zijn er ook. Zes of zeven tel ik er. Ze zijn een flink stuk jonger. Ze slaan hun armpjes rond de benen van de drie knuffelaars. Ik hoor gesnik, gelach.

Ik zoek en vind mijn vader. Hij staat achter Juliens familie, in het midden van het kantoor. Hij knijpt zijn ogen half dicht om te zien of ik het wel ben. Dan schieten zijn ogen vol tranen. Hij kijkt nog even naar de commissaris, als om toestemming te vragen. Daarna komt hij met geopende armen naar me toe. We omhelzen elkaar en barsten allebei in tranen uit.

'Sorry, papa, sorry.'

Meer krijg ik niet door mijn keel.

'Ik ben bang geweest. Verschrikkelijk bang,' snottert mijn vader.

Hij drukt me zo stevig tegen zijn borst dat het lijkt of hij me nooit meer wil loslaten. Het voelt goed. Ongelooflijk goed na al die bange uren.

'Ze hebben je toch niet...?' vraagt mijn vader. 'Ik vermoord ze!'

'Sst, ik ben oké, papa,' sus ik hem.

We wiegen in elkaars armen heen en weer. We wiegen al onze woede weg. Onze angst. De zware, zwarte gedachten in ons hoofd.

'Toen ik vanmorgen dat telefoontje van je ontvoerder kreeg, ben ik hiernaartoe gekomen,' zegt mijn vader. 'De hele tijd heb ik voor je gebeden.'

Is het daardoor dat die man ons zomaar liet gaan? Doordat mijn vader gebeden heeft?

'Dank je,' zeg ik gemeend.

We omhelzen elkaar innig en lang. Tot onze armen er pijn van doen. Met tegenzin laten we elkaar los en vegen onze laatste tranen weg. Mijn vaders ogen zijn rooddooraderd. Zoals na de dood van mama en Lena.

De politiecommissaris komt naast me staan.

'*Il y a encore quelqu'un pour toi*. Daarnet is er nog iemand voor jou gearriveerd, Margot.'
De commissaris loopt tot aan de ingang, wenkt iemand.
Wie...? Het is Decrue die in de deuropening verschijnt.
'Wat ben ik blij dat je gezond en wel terug bij ons bent, Margot!' zegt hij stralend. Hij omhelst me.
'Ik zal zo snel mogelijk de anderen laten weten dat jullie veilig zijn. Iedereen is een uurtje geleden samen met mevrouw Vercauter naar huis vertrokken, met de trein. Alle ouders waren vreselijk ongerust, na de berichten op radio en tv.'
'Margot! Margo-ot!'
Droom ik? Het is Merel. Ze is hier.
'Sorry, meneer,' zegt ze tot Decrue. 'Vercauter weet ervan. Mijn ouders ook. Ik ben tot in het station geraakt. Ik kon niet vertrekken. Ik ben teruggegaan naar de ouders van Morgane. Ik was er nog maar net toen ze hoorden dat Julien en Margot bevrijd waren. Ze hebben me meteen naar hier gebracht.'
We vliegen in elkaars armen.
'Ik was zo ongerust,' snikt Merel. 'Je bent gered, goddank!'
'Het is voorbij,' zeg ik, terwijl ik Merels rug streel. 'Voorgoed voorbij!'
We schrikken op van het luide gerinkel van de telefoon.
Laten elkaar los. De commissaris loopt naar zijn bureau en neemt de hoorn op.

'*Oui, oui. Ah bon. Oui.*'
De commissaris trekt een bedenkelijk gezicht. Heeft dit met ons te maken? Zijn onze ontvoerders ontsnapt? Mijn hart bonst wild in mijn keel. Ik kijk even Juliens richting uit. Hij lijkt even gespannen als ik. De commissaris legt de telefoon terug neer.
'*L'équipe d'intervention spéciale est entrée de force dans la ferme*,' zegt hij. 'Jammer genoeg waren er al twee vogels gaan vliegen. Wees gerust, we krijgen ze nog wel te pakken!'
Twee vogels? En de derde dan? Is die overmeesterd?
'*Heureusement, on a pu arrêter le troisième.* De derde hebben we wel opgepakt,' vervolgt hij. 'Om eerlijk te zijn: hij heeft zich zonder slag of stoot overgegeven. Hij is hier. Hij staat erop jullie te spreken.'
Ik weet niet of ik blij of teleurgesteld moet zijn. Twee misdadigers lopen nog op vrije voeten rond, een derde is gearresteerd. Het is alvast een begin.
Mijn vader doet een stap naar voren.
'Meneer de commissaris,' zegt hij verontwaardigd. 'Mijn dochter is pas vrij. Het is nu niet het moment om haar alweer op de proef te stellen. Ik wil die schurk niet eerder zien dan in de rechtszaal. Liefst achter tralies of kogelvrij glas.'
Ik trek aan zijn mouw.
'Misschien kan hij ons iets belangrijks vertellen. Misschien

wil hij wel helpen om de anderen te vinden,' fluister ik.
De commissaris heeft het gehoord. Hij knikt voorzichtig. Mijn vader zwijgt. Ik kijk Julien recht in de ogen. Hij knikt. Blijkbaar is dat voor de commissaris voldoende. Hij neemt zijn telefoon weer op, drukt op een toets.
'*Faites-le entrer*! Laat de verdachte binnenkomen!'
Twee agenten komen het kantoor binnengewandeld. Tussen hen in loopt, geboeid en met gebogen hoofd, een kleine jonge man.
'Kevin!'
Mijn vader trekt grote ogen vol ongeloof.
Alle puzzelstukjes vallen op hun plaats. Dat verklaart waarom Julien en ik er plots zomaar vandoor mochten. De derde ontvoerder was niemand minder dan mijn stiefbroer. Waarschijnlijk had hij eerst niet eens door dat ik een van de slachtoffers was. Misschien was hij niet eens bij de ontvoering en heeft hij me pas herkend toen we oog in oog met elkaar stonden.
Mijn vader moet tegen het bureau van de commissaris leunen om niet om te vallen. Ik grijp zijn hand vast.
'Ze... Ze hebben je gedwongen, is het niet?' stamelt hij. 'Vertel het me! Hoe is het gegaan?'
Mijn arme vader. Ik voel met hem mee. Het is zoveel makkelijker om te geloven dat onze ontvoerders gekken zijn. Psychopaten zoals Dutroux of Priklopil. Maar de vijand kan ook een bekende zijn. Iemand die maanden of jaren

bij je inwoont. Iemand die uit dezelfde kookpot eet. Uit dezelfde fles drinkt. Die onder hetzelfde dak slaapt. Iemand waar je geen kwaad van vermoedt.

'Gaat het, papa?' vraag ik bezorgd.

Hij knikt. Maar het gaat niet, dat merk ik wel. Al het bloed is uit zijn gezicht weggetrokken. Met ijle blik staart hij naar Kevin.

Kevin durft ons nog altijd niet aan te kijken. Hij fixeert een dood punt ergens op de vloer.

Maar is Kevin onze ergste vijand wel? Misschien liggen de zaken nog anders. Onze ergste vijand is misschien wel onze eigen angst, of die stomme vooroordelen die we hebben of die verkeerde gedachten die plots opduiken in ons hoofd. Niet alleen in het hoofd van misdadigers, maar in ieders hoofd. Heb ik ook niet even gedacht dat onze ontvoerders Oostblokkers waren, omdat ze zo gebrekkig Engels praatten? En veronderstelde Julien niet, al was het maar een fractie van een seconde, dat het om extremisten ging die een stokje wilden steken tussen een verbroedering tussen Vlamingen en Walen?

'Het... het spijt me allemaal heel erg,' stottert Kevin.

Hij kijkt nu toch afwisselend mijn vader, mij en Julien in de ogen.

'Ik ben geen racist. Ik had geld nodig,' vervolgt hij. 'Niet dat het daardoor minder erg is. Maar...' Hij kijkt me wanhopig aan. 'Als het losgeld betaald was, wilde ik jullie laten gaan, echt waar. Ik wist trouwens helemaal niet dat jij erbij betrokken was, Margot, tot ik je vanmorgen zag. Je moet me geloven!'

Ik weet niet goed hoe ik reageren moet.

'Je had nooit bij ons mogen weggaan,' roept mijn vader uit. 'We hadden het toch goed?'

'Ik ben thuis weggegaan omdat ik er stikte,' bijt Kevin van zich af. 'Mijn hele toekomst lag al vast. Werken van 's morgens vroeg tot 's avonds laat in dat tuinbedrijf, ik zag dat niet zitten. Facturen betalen. Geen tijd voor mezelf. Ik wou eerst van mijn leven genieten. Ik heb een paar weken het hele land doorkruist. In kroegen rondgehangen. *The real life*. Maar ik zat sneller dan verwacht door mijn spaarcenten heen. Toen heb ik de verkeerde mensen ontmoet... Zo ben ik in de shit beland.'

Ik begrijp Kevin. Een beetje. Hele dagen werken, ik heb er zelf een broertje dood aan. Maar hoe moeilijk ook, hij had er met mijn vader over moeten praten. Maar wie ben ik om dat te zeggen?

'Ik heb Damien en Arnaud in Brussel op straat ontmoet. Ze waren werkloos, konden de eindjes maar moeilijk aan elkaar knopen. En Damiens lief was het onlangs afgetrapt met een zwarte. Daarom haatte hij zwarten. "Ze pikken onze jobs en onze wijven af, rijden in chique cars, hebben vijf wijven aan elke hand en een horde kinderen die ze zonder probleem kunnen onderhouden! Is dat eerlijk? Ze passen zich niet aan ons land en onze cultuur aan, maar ze krijgen wel uitkeringen waar je van achterover valt! Zouden we niet beter af zijn zonder hen?" Dat herhaalde hij de hele tijd.'

Is het niet al te gemakkelijk om haat te prediken? Lost dat ooit iets op?

'We hebben de handen in elkaar geslagen. We zouden een zwarte een lesje leren. We zouden hem ontvoeren en zijn familie leegzuigen: hun welverdiende loon! Op die manier zouden we genoeg geld verdienen om weer een tijdje voort te kunnen. Maar het liep al van bij het begin verkeerd. De negerjongen had een liefje bij zich: die moest dus mee ontvoerd worden. En Damien vond geen mobieltje of telefoonnummer bij de zwarte. Daarom besloot hij de ouders van het meisje op te bellen. Margot, ik wist niet dat jij het was tot je voor me stond. Ach, het is allemaal vreselijk uit de hand gelopen... Het spijt me.'

Mijn vader kan geen woord uitbrengen.

'Misschien kan ik je vergeven,' zeg ik. 'Ooit.'

Kevin lijkt aangedaan. Ik heb meteen spijt van wat ik heb gezegd. Ik grijp zijn arm, kijk hem in de ogen.

'Luister, je hebt ons vrijgelaten. Dat maakt een wereld van verschil,' troost ik. 'Het komt wel goed. Als jij het wilt.'

Hij lijkt me te begrijpen. Knikt. Ik zie zelfs een glimp van een glimlach.

'Oké, *ça suffit*, dat volstaat!' zegt de commissaris.

De twee agenten trekken Kevin met zich mee naar buiten. Het is stil in het kantoor. Muisstil. Een hele tijd. Alsof iedereen bang is van iedereen.

'Kom,' zegt mijn vader ten slotte. 'Het is genoeg geweest, we gaan naar huis. Merel, als je wil, mag je mee.'
Mijn vader legt zijn hand op mijn rug. Hij heeft ineens erg veel haast om te vertrekken, maar ik blijf staan.
'Wacht, paps,' zeg ik.
Hij kijkt me verbaasd aan.
Ik kijk Juliens kant op. Hij staat nog altijd naast het bureau van de commissaris, met zijn vader en moeder tegen zich aan gedrukt. Zijn broertjes en zusjes staan in een halve cirkel voor hem. Mijn vader doet een stap opzij, om me door te laten.
Julien opent zijn armen. Ik vlei me tegen hem aan. Het is lekker warm en veilig in zijn armen. Julien heft een Afrikaans lied aan. Een ander lied dan dat in onze cel. Ik hoor het lied in zijn borstkas en erbuiten. Ik wil het meezingen. Het lukt aardig, hoewel ik de woorden niet ken. Juliens vader, moeder en de kinderen vallen in. Ik meen ook Merel na een tijd te horen meezingen.
Zo'n lied is geen vijand. Het is een vriend. Het helpt de vijand uit de hoofden verjagen en de blinde haat uit het hart. Ik wil het mijn vader leren. Kevin. Mezelf. Iedereen die het nodig heeft. Met Juliens hulp lukt het wel.

Meer boeken van Frank Geleyn:

Ik zwijg

De dertienjarige Willem wordt op school gepest door Roxy en zijn bende. Willem is geen slappeling en probeert zijn mannetje te staan. Roxy is woedend om deze tegenaanvallen en besluit om tot het uiterste te gaan... 3de druk

88 blz. • isbn 978-90-5838-181-1 • €11,95

Ik val

Arne kan de dood van zijn ouders niet vergeten, hoe lief en begripvol zijn pleegouders ook zijn. Om Arnes gemoedsrust te bedaren, reist het gezin naar het Ierse Skellig, de plaats van het ongeluk. Maar is dat wel een goed idee?

88 blz. • isbn 978-90-5838-241-2 • €11,95

De Vesuvius en ik

De schoolreis naar Italië is geen plezierreisje voor de zeventienjarige Siska. Haar leven is totaal overhoop gehaald door wat er drie jaar geleden op de Vesuvius is gebeurd. Beetje bij beetje krijgt haar beste vriendin het hele verhaal te horen.

120 blz. • isbn 978-90-5838-335-8 • €12,95

Kampioen

Max moet van zijn vader wielrenner worden. Hij traint heel intensief en heeft voor niets anders tijd. Totdat hij verliefd wordt op een meisje van zijn klas. Bovendien vindt moeder zijn schoolresultaten belangrijker. Vader moet zijn prioriteiten herzien. Lekker lezenreeks. 2de druk. ***Kerntitel Jonge Jury 2009***

104 blz. • isbn 978-90-5838-413-3 • €12,95